U0867598

童年，是真纯、馨香的诗。

总有一首，是写给你的。

中国儿童诗教丛书

世界纯美儿童诗集

中国卷

谭旭东 选编

漓江出版社
桂林

让孩子多读诗

谭旭东

20 世纪初，现代儿童文学开始进入学校教育和家庭教育视野。无论民国时期的国语教育，还是现在的语文教育，其教材里都收录了不少儿童诗。儿童诗成为亲子阅读的好选择，也在学校教育中扮演了不可忽视的角色。

儿童诗既属于新诗，也属于现当代儿童文学。从五四运动以来，有不少诗人专心给孩子写诗，写出了不少优秀的儿童诗。儿童诗很适合孩子读，但很多家长和语文老师很少给孩子推荐诗集，在班级阅读和家庭阅读中也很少选择诗。为什么呢？

我想，无非有三个原因。第一，世界文学名著里，诗集比较少。很多家长和老师不太了解著名的诗人和他们的作品。第二，儿童文学名著里，也很少有人把儿童诗集列进去。第三，虽然语文课本里选了不少诗，但语文老师很少讲诗，而且考试一般多考古诗词，新诗和外国翻译诗歌考得较少，高考作文一般也不提倡写诗。第四，很多家长和老师对诗歌不太懂，也没有读诗的习惯。

其实，读诗有很多好处。第一，诗歌语言很简练，读诗多的人，不但会对语言更敏感，而且更善于用简练的语言来描述世界、表达内心。第二，好的诗里，有很美的意象或很美的意境，这都是诗人想象力的结晶，读懂了，就等于读懂了语言的奥妙。所以读诗多的人，不但想象力丰富，而且很善于组织文字并有很好的理解力。第三，相比小说、童话，诗是一种特殊的语言，它不讲故事，也能传达人的情感，而且很容易让人记得住。这就是诗的魅力。第四，语文教材里有诗，虽然考试时并不怎么考诗，中考、高考也不考诗歌写作，但诗是语文的一部分。要想真正学好语文，不能不读诗；要想真正理解文学，更要读诗。

那么，怎么读诗呢？下面我来谈三点看法：

第一，要读懂诗里的修辞，看看诗里玩了什么语言“花招”。如我写的《瀑布》，“瀑布长长的 / 像夏天的汗巾 / 大山哥哥 / 将它搭在宽厚的肩上 // 瀑布白白的 / 因为森林姐姐 / 把它洗得干干净净”，就用了比喻和拟人的手法。发现了这两种修辞，就可以模仿着用在自己的写作里。一般比较好的诗，不单是儿童诗，都会用到比喻、拟人、对比、排比、通感或象征等修辞。不用修辞，诗是很难写好的。

第二，要读懂诗里的意象，找到诗里的中心意象是哪一个。一般抓住了意象，就等于读出了诗里的味道，因为意象都包含着美与情感。没有意象，诗的语言就没有味道，也不美。如舒婷的诗《会唱歌的鸢尾花》，“现在我可以做梦了吗 / 雪地。大森林 / 古老的风铃和斜塔 / 我可以要一株真正的圣诞树吗 / 上面挂满 / 溜冰鞋、神笛和童话 / 焰火、喷泉般炫耀欢乐 / 我可以大笑着在街上奔跑吗”，其中的中心意象，不是梦，不是森林，不是雪地、圣诞树，而是“我”，一个快乐的孩子，想做梦、想大笑的孩子。正是因为诗里有这么一个可爱的孩子，才显得天真烂漫、童心洋溢。

第三，要读懂诗里的意趣、意境和情调。如叶圣陶的《小小的船》，可以说是家喻户晓，但很多人并没有真正理解这首诗，有的语文老师把它当作写景抒情诗，认为它的中心意象是月亮、小船，其实，它的中心意象是“我”。这是一首儿童生活诗，描绘的是一个顽皮淘气的男孩，坐在船上玩水的画面。诗里弥漫的是童年的快乐、儿童生活的趣味。再如我写的《春天有一首诗》，“吹到暖和的风/心情特别好/见到树上的花苞/嘴角忍不住笑/站在山顶上/和云朵儿比比高/在原野上疯疯跑/不怕你把头摇/春天有一首诗/去孩子的瞳仁里找”，这首诗里面美的是一种情调，是人对春天来了的一种愉悦和欣喜。当然，这首诗里，还有一种对孩子的纯美的认可。读出了诗里的情调，读出了诗里的情绪，读出了诗里的意境，就等于进入了角色，进入了情境，感受到了氛围，品到了意蕴。

以上只是就如何读诗谈几点看法，希望对小读者读诗有用。

这十来年，为了满足孩子课外读诗和学校诗教的需要，我选编了多部儿童诗集，陆续在北京少年儿童出版社、人民文学出版社、河北少年儿童出版社和福建少年儿童出版社等多家出版社出版；我本人也创作了九部儿童诗集，分别在重庆出版社、新世纪出版社、黑龙江少年儿童出版社、漓江出版社等多家出版社出版。这些诗集受到了广大家长和语文老师的欢迎，也激发了数以万计的孩子的读诗热情。

近两年，家庭阅读热起来，小学里的诗教也很受关注，我也经常应邀到图书馆、学校里给孩子讲诗，给语文老师做诗教讲座，还主编了一套“中国儿童诗原创绘本”。不少家长和老师都希望我再选编一本优秀儿童诗集。我对儿童教育和语文教育一直非常上心，自然感到这是我的责任。于是，我花了整整一年时间，征集、约稿、选编了这部儿童诗集。

可以肯定的是，收入这部诗集里的大部分作品，都是别的所谓选本没有的，其中绝大部分是21世纪以来老、中、青几代诗人的新作、佳作。如果有人研究儿童诗，那么这部诗集也可用作参考。一句话，这部诗集值得一读，值得收藏。

我最后决定把这部诗集交给漓江出版社。该社副社长李弘兄，他年轻有为，为人低调。在他编辑《中外少年》杂志时，我就与他合作过阅读项目，非常欣赏他的才华。把稿子交给漓江出版社，也是对诗作者和读者负责任。

无论是大人还是孩子，只要多读诗，读好诗，就一定能够享受语言之美，一定能够感受到语言的奇妙！

二〇一六年小年之日于京城天鹅堡

目 录

第一辑 春天是一首诗

目录

第二辑 夏天的太阳雨

第三辑 秋天的亲吻

第四辑 我是一枚冬天的雪花

第五辑 大树妈妈长一岁

第六辑 小花朵的梦

第七辑 月亮和星星的故事

第八辑 阳光的香味

第九辑 小河、小草和蚂蚁

第十辑 给老鼠写一封信

第十一辑 快乐的童年

第十二辑 梦跟颜色一样轻

第十三辑 透明的心

第十四辑 风是个淘气包

第十五辑 光阴的脚印

第一辑

春天是一首诗

我打开春天的窗

张牧笛

我打开春天的窗
牵牛花吹着喇叭来了
蜗牛背着房子来了
小草牵着绿色来了

世界为谁而笑
大街上，许多只清新的耳朵在行走
太阳活蹦乱跳
像孩子手中红色的气球

我打开春天的窗
一股暖流与我握手
春在荡漾，我们的目光对接
南飞的鸟群回来得不露声色

我打开春天的窗，就像
打开我的思想、呼吸和言语
解冻的冰凌仍倒挂在我的窗檐
滴滴答答，那是一种
声音的光芒

春天像山里的孩子

王一武

这几天
春天昼夜没有回家
他像山里的孩子
时而跳跃　时而奔跑
现在又荡漾在树梢

我身边的小草
是他穿上的新衣衫
南风是他的口哨
悠悠然然地　吹在
村庄

我被春天捉住啦

王洪珍

眼睛为看一朵花，
脚儿来到绿荫下。
鞋子陷进湿泥巴，
哎呀哎呀——
我被春天捉住啦！

春

魏强

燕子驮着一轮
暖暖的太阳
一不小心
把太阳落进了河里

冰，被吓哭了
眼泪哗哗地淌
水底的鱼儿吐一串泡泡
每一个都像是小小的太阳

春天的朗诵

刘盛云

a，*o*，*e*，*a*，*o*，*e*……
小小溪流，一只晚睡的青蛙，
预习着明天的功课。
明天，满脸红晕的桃花儿，
要教这勤奋的精灵
将大地醒来的信息，填在四线格。
明天，哪怕青蛙写下的
串串歪扭字母，
随着水波的晃动，拖出尾巴，
桃花儿也一定会托付微风
播撒柔柔的快乐！
明天，千万，千万不能辜负
桃花儿的爱啊——
嗯，明天不妨先用标准的发音，
让她绽开迷人的笑靥！
所以夜深了，青蛙还在
一遍遍朗诵，一遍遍朗诵：
a，*o*，*e*，*a*，*o*，*e*……

春天标点符号的用法

杨戈平

春天在途中停顿可用逗号、顿号
甚至分号
开口说话一般是从冒号开始

春天喜欢用问号提出问题
喜欢用惊叹号表达感情
春天的未来是省略号

冬天与春天之间
或者春天与夏天之间有一个连接号

何时该用引号、括号
破折号、省略号、着重号
间隔号、书名号、专名号
那是春天自己的事情

但我知道
春天的结束一定是句号

给春天画幅画

李德民

首先，我在纸上
涂满了绿色
这是小草的颜色
是树叶的颜色

我又打开了红色的颜料
一树树的桃花
都在盛开
我还要使用黄色
画出那一大片油菜花
当然，我还要画一画
蔚蓝的天空
洁白的云朵
好闻的花香
暖暖的春风
燕子的鸣叫
这些，该用什么颜色呢？

给春天画画
我用尽了所有的颜色
却还觉得有些单调

春天的诗

林群玉

写一首诗歌给春天
以春风为纸
让春雨代笔
将诗句写在花朵上
写在绿叶上

蝴蝶儿看到了
飞舞在花丛中
细心地品读着
咦，原来春天的诗歌是香甜的
小鸟看到了
停在枝头上
大声地读给伙伴们听
哦，原来春天的诗歌充满欢乐

春天的雪

侯泽俊

故乡的窗口
槐花说说笑笑就开了

没有比这
更纯更细更白的雪了
沉甸甸的香
堆满树梢

清晨
蝴蝶未醒
蜜蜂未到
槐花雪的香和甜
刚好让推开窗的我
轻轻地嗅见

春天

常福生

春天是一本
彩色的书——
黄的迎春花，
红的桃花，
绿的柳叶，
白的梨花……

春天是一本
会笑的书——
小池塘笑了，
酒窝圆又大；
小朋友笑了，
咧开小嘴巴……

春天是一本
会唱的书——
春雷轰隆隆，
春雨滴滴答，
燕子叽叽叽，
青蛙呱呱呱……

和春天一起玩耍

王一武

这个季节
种子和土地走得格外亲近
没等我擦把汗水
拔节的声音
传到了春天

在村口玩耍的那阵南风
抵达山冈
翻阅阳光的同时翻阅了一些花事
我心生嫉妒
就像回不来的那只蝴蝶
跟着春天一路飞翔

与春对视

张晓楠

把雨关在窗外
把夜关在窗外

而春天却顺着窗沿
挤进来了
挤进来了
站在那里，绿绿地看我

我知道
这是一种久违的问候
平静得让我动情
真切得让我落泪

我就这么静静地坐着
与春对视
冬，知趣地
躲到远处去了

等我起身
发现笔杆抽芽了
稿纸上
爬满绿色的文字

捕风

陈晓春

拿着一个网兜，
不去捕鱼儿，
也不去捕蝴蝶，
而是去捕风。

风太淘气了，
去年春天，
他吹落了美丽的花瓣，
嬉皮笑脸地逃走。
今年春天，
我一定要把他捕来，
带到花儿面前，
让他郑重地道歉。

给春天开门

谭旭东

风儿吹开了夜的眼睛
让明亮的阳光
透过孩子的瞳仁
小芽苞从树干上抬起头
她想踮起脚尖
倾听雏鸟的啼声
小草们也竖起了耳朵
捕捉山冈上绿色的乐音
一只小兔子蹦过来
他用力拍打着大树
朝大家大声喊着：
给春天开门，给春天开门

等春天

郭思思

冬天过去了
我来到一个岔路口　等
风儿擦着我的脸颊过去了
雨儿擦着我的心房过去了

那最后来的是谁呢？
我闭上眼睛想
哦，那脚步声我听出来了
一定是花儿

蝴蝶

梦阳

春风　温柔地
把这枚七彩信笺
对折得那么美丽
还让太阳吻上一个暖暖的邮戳
才小心地
投进花朵的邮筒里
难道
她要把春天邮递

春天

波眠

春天是一块干净的抹布
把窗玻璃上的冰花
一点点擦洗干净

花园里
花和蝴蝶已分不清
温暖的风
吹着那些细嫩的花蕊

桃树已全部
换上薄软的衣裳
把院子后面的墙
变成一面灼灼的粉墙

春天跟我们躲猫猫

王宜振

春天
跟我们
躲猫猫

春天藏得
很深很深

一只小鼹鼠
透露了
春天的
藏身之处

他藏在词语的
洞穴中

这个洞穴的词语
慢悠悠地舔着
自己的
掌部

只有一个
能把自己的掌部
舔绿

他就是
春天

嗨哟嗨哟
几十只小蚂蚁
把他
从洞里拖出

我在春天等你

翟英琴

冬天　想雪藏一切　这是个阴谋
看吧　窗外阳光寂静　万亩良田冰封
数以亿计的麦子　在冬天的怀抱中
和成千上万的虫儿一起　蛰伏
曾经欢唱的河安详而柔和　酝酿着下一次激流涌动
那些灰头土脸的树　隐忍而肃穆
任凭一个又一个鸟巢　端坐在光秃的树杈之间
给留下过冬的鸟儿取暖　遐想

冰　冷　寂寞　成了这个季节的代名词
时光的雕刀　一下又一下　勤勉而刻苦
给那些生命　认真地留下岁月的印痕
我识破了冬天的阴谋　行走在苍茫的大地上
风烟起　夜幕垂　众多情节飞逝
唯有发自心底的凝望　犹如暗夜中点起的一盏灯
穿越千万年的阻隔　温软尘封了一世的往事如烟
我在春天等你　一起看万物苏醒　听梦想花开

春姑姑

王俊康

我看见美丽的春姑姑，
快乐得像只小金鹿，
穿漂亮的裙子，
洒晶莹的甘露。
她穿过树林，
布谷鸟唱呀——咕咕、咕咕；
她来到田野，
铁牛叫呀——突突、突突。
在她走过的路上，
蝴蝶飞舞，小兔追逐，
春姑姑当然知道，
小家伙想挽住她，
匆匆的脚步。

我看见美丽的春姑姑，
轻盈得像垂柳飘动，
水灵灵的眼睛笑微微，
一路上跳着欢乐的舞。
她亲吻大地，
草儿长呀——呼呼、呼呼；
她钻进山谷，
溪水流呀——嘟嘟、嘟嘟。
在她经过的地方，
红领巾一队队来植树。
春姑姑也许没想到，
他们想筑绿色宫殿，
留她在这里长住。

迎春花

朱香文

最后一场冬雨
淅沥沥，淅沥沥
小小雪花骑在牛背上
真威武，真威武
牛蹄儿在田埂上
踩出了一个个小水窝
春风刚刚苏醒
就赶忙把迎春花的种子
撒向小水窝
迎春花在水窝里打着滚
染黄了头发
探出小脑袋
赶着向人们报告
春天的喜讯

缝补一棵树

夏小五

一大早
蜘蛛
就起床了

今天
它的主要工作
是缝补一棵漏光的树

第二辑

夏天的太阳雨

遮阳帽

李海生

夏天一到
妈妈就给我买了一顶遮阳帽
说来真是凑巧
竟和田里稻草人的那顶同款
我马上向妈妈汇报
我戴上这顶帽子上街
情况可能不妙
小鸟们肯定都会吓得飞走
稻草人一定会大声尖叫

五月的声音

盘晓昱

五月的声音
刚被割了一茬
又长出了一茬
噌噌噌，它们拔节的声音
抽穗的声音
树梢上知了的声音
蜜蜂嘤嘤嗡嗡采蜜的声音
追赶河岸柳絮的声音
它们趴在田地间
看一朵白云在天上
慢吞吞地行走
它们和许多个仲夏夜在一起
谈论黑夜里走丢的星星
池塘边鼓着腮帮唱歌的青蛙
树上秘密生长的小果子
竹椅里打盹儿的小女孩
以及刚刚过去的
春天的味道

夏至的诗词大会

何东

今天是夏至，
果园里举行了热闹的诗词大会。

樱桃噘着红红的小嘴抢着说：
流光容易把人抛，红了樱桃，绿了芭蕉。

杨梅眨了眨大眼睛不屑地说：
五月杨梅已满林，初疑一颗价千金。

树上的知了伸了个懒腰，慢吞吞地说：
东边日出西边雨，道是无晴却有晴。
……
快住嘴，快住嘴，吃露水喽！吃露水喽！
小蜻蜓连蹦带跳地喊了起来。

谁去迎接夏天

陈晓春

春天终于搭上了时光的列车
载着一路芳香
去远方旅行

夏天在胸前
别上了一枚红透的石榴花
在春天上车的地方
欣欣然下了车

听说夏天来了
芭蕉叶早早地
撑起了绿色的大伞
和邻居红樱桃
整天说着有关防晒的悄悄话

谁去迎接夏天呢
他还在下车的地方张望
瞧，蝴蝶在前面舞蹈
青蛙在后面歌唱
夏天，就这样
欢欢喜喜地被迎接来啦

收集阳光

阮文

夏天，真热
太阳公公不停地发着光
我真想
找来许多小瓶子
把阳光一点一点收集
当冬天来的时候
再把瓶子打开
整个世界肯定会温暖起来

荷叶

林乃聪

塘里，
盛开着一张张荷叶。
田螺发现了，
啊！好大的运动场，
我正想找场地跑步，
将来还要当运动员。
小虾发现了，
高兴得不得了，
不花钱就送来一张蹦蹦床。
青蛙发现了，
忙着在上面练立定跳远，
一摆二蹲三起跳，
扑通一声落下水。
小鱼发现了，
咦！哪里来的一把把伞，
看来要下雨了，
赶快回家告诉妈妈。

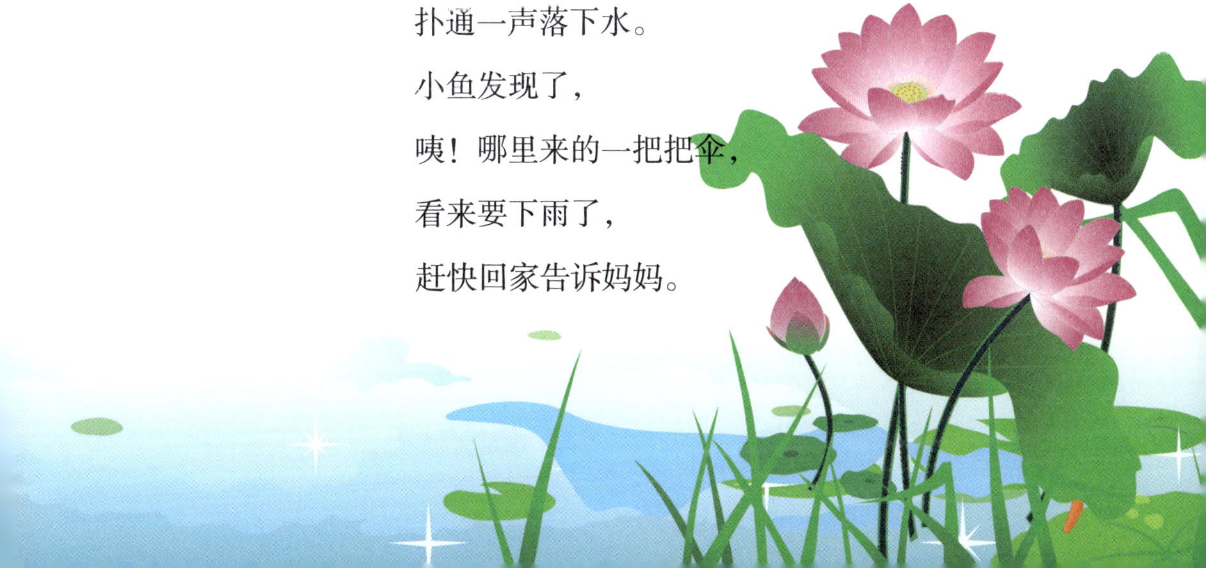

青蛙与荷塘的童话

张晓楠

是谁，让疯长的荷莲
把池塘吃掉
是谁，还故作镇静
端坐在荷叶上

你这个做错了事情的
大头青蛙啊
你可知道，昨晚的月亮
还没有捞上来
你让一早起床的妹妹
拿什么梳妆呢

怪不得，一有风吹草动
你就逃之夭夭了
你以为你有一塘积蓄
就能颐养天年呀

告诉你，秋天是不会
放过荷莲的
它会让夏天吃过的东西
冬天全吐出来
还要搭上一生的珍藏

夏夜的池塘

丁云

夜，穿着黑色的风衣
穿过田野　飞过村庄
住在池塘边的一棵柳树上
风倦了
躺在一朵晚晚花里
满池的水啊
在满天星星的陪伴下
一圈一圈地回荡着

白天里　孩子们采莲的笑声
雨后青蛙们的大合唱
黄昏时　爷爷的脚步奶奶的唠叨
还有一只蛐蛐对知了的悄悄话
……
一圈又一圈
池塘唱片机忙碌着
刻录下夏天美好的故事

夏至

高彦平

太阳将触角伸向最北方
安抚怕黑做噩梦的人

知了懂得他们的心事
夜晚都在窗前树上鸣唱

真正的夏天如期而至
瓜熟蒂落的快乐
凉下的心拿给太阳

满塘红藕白莲
满树木槿花
夏天知道为谁而开

绿

凌晶

绿爬到夏的背上
夏
背着绿
跳啊，唱啊
真开心
……

阳光下
他们问候了一棵棵树木，
蹚过了一条条小溪，
他们跟所有的小动物亲切地交谈
把一切变得生机勃勃

于是
夏把绿举过头顶
绿给夏戴上一顶清凉的帽子

戏夏

刘泽安

把阳光
泼在你的身上
把溪水
泼在你的身上
夏天
摸摸你的脉搏
摸摸你的心跳
水田里
有一轮太阳
夜晚有
一轮弯月
都是你的伙伴

一只蜻蜓
在黄昏的小溪边
驮着炎热的夏天
飞呀　飞呀
低矮的天空
扬起翅膀
问候
我的朋友——夏天

一只小鸟
在黄昏的小树林
穿出一声声鸟鸣
蹿上树梢
蹿上天空
一声声祝福
一声声问候
我的朋友——夏天

小溪里
泡着夏天
阳光里
装着夏天
少年的心里
永远
住着夏天

走　我们去露营

侯泽俊

走　我们去露营
开着夏天这辆豪华大巴
一路踏歌而行
被青草亲一下
被阳光抱一下
被雨露温情一下

石榴花点亮火红的火焰
一朵喊着一朵
杏园留住了果实
一串串优美的音符
浮动在高高的枝头
一声欢悦的叫喊
就是一面旗帜
引领着一棵棵树、一座座山
忘我地纵情歌唱

掬起清凉的水
洗净头发和眉毛
芬芳的鸟声洒在原野
浇灌着透明的目光和心情
学着鸟叫
翻阅这流水一样的风景
快乐已装满时间的金盒子

把床做在月光里
把梦枕在河堤上
青蛙在夜里说着梦话
花儿不洗脚就和你入睡
星星们将枕头和你排在一起
田野的长势压着你的呼吸

走　我们去露营
如果玩累了
就变成柳
如果蹦倦了
就变成云

写给七月的信

王茗

我涂鸦　爷爷奶奶和姥姥姥爷
还有调皮的小花猫　乖巧的小黑狗
快递给　这火热的七月
告诉它　这学期的所有事情

七月　你再酷热我也不怕　因为我可以看见爸妈
山路　你再颠簸我也不怕　因为我就要看见爸妈
路旁的花儿也羡慕得满脸红霞
其实　它才抹去思念的泪花

七月　赋予我们太多感动和梦想
你看月亮都瘦了　也想爸妈了吧
给你我的爸妈可好
可我也是一年才聚一次　你还要吗

七月　我不要新书包新玩具　只要爸妈
你还会眷恋给我们冰激凌时腮边的甜吗
假如　我们什么也不要　乖巧听话
你会把步子迈得慢点吗

七月　我在书包里藏一棵树上刚熟的梨
送给妈妈　妈妈总说梨（离）儿腹中酸
我给爸爸带上家乡的新面粉
全家一起用奶奶割的韭菜包饺子

七月　我捉着萤火虫带去城里
放在爸爸的工地上　给叔叔们一些家乡的光
坐在妈妈的腿上听她讲　工地上发生的事
跟在爸爸后面　看他用汗水抹亮的一幢幢大楼

七月　我没有太多的梦想
只要陪在爸妈身边　不怕每天听工地的轰鸣声
尘土飞扬　馒头咸菜　因为有时也有一星点肉末
这些我都能接受　即使还有文字体现不出的苦

太阳把星星偷走了

刘脏

太阳把星星偷走了
藏到了月亮背面

总是这样，许多年来
太阳，时不时地
顺手偷走一些星星

我们每天赞美太阳
但几乎没人会注意
天上的星星
渐渐变少了

那些不属于谁的星星
那些属于所有人的星星

仲夏夜之梦

李静

夏夜的院子，竹席上
睡梦中的小孩儿笑了
咯咯——咯咯咯
叩开一扇春日的门扉

油菜花穿着月的衣裳翩翩
蒲公英模仿太阳的轮廓
每一瓣都是一束轻盈的光
紫藤摇着自己的小铃铛

闻声的蝴蝶啊
支起彩色的帆
风的柔波里正一点点赶来

狗尾草乐园

陈霖东

你是秋千吗？
露珠忽闪着水汪汪的大眼睛
坐在上面摇荡旋转
你是蹦蹦床吗？
蚂蚱蜷一蜷腿再猛地跃起
可以弹得好远好远
你是海盗船吗？
瓢虫抓紧你胡须般的扶手
欢呼着上下起落摇摆
啊！一株小小的狗尾草
变成了一座热闹的游乐园

谁偷走了夏天的风

璨璨

夏天是一个巨大的罐头
里面装满了风
它不仅软软柔柔而且慷慨万分

河流会借来一缕风
藏在石子旁
按摩起鱼儿滑嫩的肚皮

花朵会借来一缕风
装在花蕊里
晃动起花瓣柔软的裙摆

小屋会借来一缕风
挂在屋檐下
模仿起铃铛轻巧的脚步

小朋友会借来一缕风
像放风筝一般
小心翼翼地让他们和自己的发梢
手挽着手，然后跑过秋天
直到跑进雪花漫漫

冬天来了
是谁本领那么大
一声不吭就偷走了
夏天所有的风

夏天的夜晚

黎晓敏

夜深了，
孩子睡了，
我静坐窗前。
屋后水田里，青蛙开始集合。

青蛙老师上课了，
呱，呱呱，呱……
青蛙学生听得入迷。
孩子啊，
这乡野热闹的夜晚，
是否入了你的梦？

夏天的双簧

李振作

蜻蜓把荷花
插入荷塘

青蛙躲在荷叶下
大声夸奖

夏天的压轴节目
是一场双簧

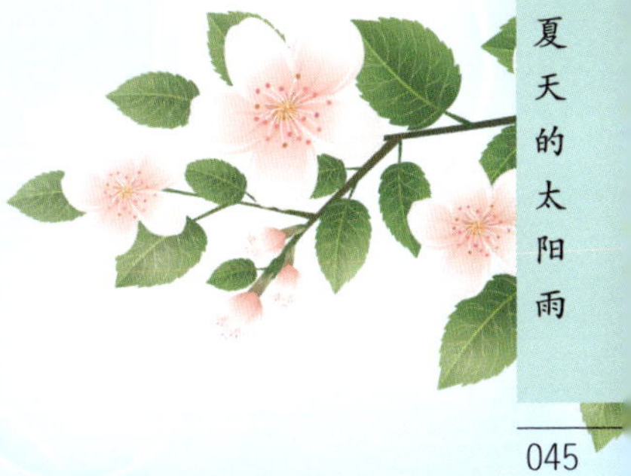

第三辑

秋天的亲吻

找妈妈

圣野

有一朵云
在秋天的田野上
自由自在地散步
她想到哪儿
就飘到哪儿

云在天上
飘了好大一会儿
忽然想起了一句话：
“我要找妈妈去！”

你知道
她的妈妈是谁吗？

秋天的亲吻

兰梦醒

苹果、柿子和梨子
用清晨的露水
洗净了圆圆的小脸

它们安安静静
不吵不闹
乖乖地挂在树妈妈身上

它们在等待
秋天的亲吻
好让自己
变得又红又甜

收获

庄丽如

当我们学会从原野中采集花朵
从一片树林获得果实
当我们不再需要证明秋天
当我们关闭谷仓
把弯下腰捡起一枝谷穗当作幸福
当我们把贝壳还给大海　把水还给河流
把姓名还给父母　把一生
还给泥土和吹过草叶上的风

秋天　我睡在我家的苹果树下

侯泽俊

秋天
我睡在我家的苹果树下
晚风吹来的幽香
吹拂到我的嘴边
蟋蟀们吹着口哨
一直玩耍到月落西山

红彤彤的苹果
爬上高高的枝头
壮着胆子和月亮比大

静谧的夜晚里
清香随着空气游动
其实
我也是一个大苹果
把所有的星子都含在嘴里
把所有的愿望都枕在梦里

秋天的玩笑

池沫树

秋天到了，北风吹来
森林里的动物吃着果子
各种植物摇摆着身姿
啊，这么多，这么热闹

秋天决定给森林开个玩笑
首先让枫树换上红色衣服
再让栎子、橡子撒落下来
打在许多动物的小脑袋上

红色的、黄色的树叶
在风中为小动物们鼓掌
哈哈大笑着，可是一不小心
牙齿也笑掉了
自己也扑向了大地的怀抱

秋天的味道

刘竹青

我给每片叶子安了家
每片叶子都有味道

我闻到了——
叶子的味道
秋天的味道
阳光的味道
色彩的味道
生活的味道
家的味道

小味道小生活

好想一直腻在这样的秋天里
好想在这样的味道里沉醉

奖状

芷涵

一片片金黄的
翩翩起舞的树叶
多像一张张
绚丽的奖状

秋天
是个收获的季节
快把奖状发下去吧

墙角一张
树根一张

秋风中的树

洪藜

秋风中的树
真有勇气
风像
一位既严厉又冷酷的老师
在寒冷的天儿里
脱去
树的外衣
秋风中的树
依然
顽强挺立

风发起脾气
真让人畏惧
他把树生拉硬拽
还不停地
摇晃他的身体
秋风中的树
依然
坚定不移

我也想做这样的一棵树
终有一天
风会
因我而变得轻柔、温情

白露：不是告别

宋晓杰

小熊说：不玩了，我要去睡
我害怕冻鼻子，害怕寒风吹
大雁说：我也要往南飞
向温暖回归

房檐下、院子里，不再热闹
动物们在为冬天做精心的准备
只有乌鸦没心没肺
穿着黑大氅，在旷野里乱叫乱飞
像调皮鬼，脸上涂着草木灰

清晨的草尖尖儿上
是谁在小声啜泣，是谁？
我找啊找，找啊找——
是露珠伏在夜的肩头，默默垂泪……
太阳公公听到了，对露珠说：
孩子开心些！短暂的休整
是为了积聚更多的光辉
露珠破涕为笑，一转眼就和蜜蜂
消失在花蕊

一个秋天的下午

王笑梅

一个秋天的下午
我遇见一朵就要去远行的花
台阶很孤单
我说，我们坐一会儿吧

我们并排
坐在爬山虎的影子里
一块儿闻着干草的香气
我说，我有点喜欢现在

天空那么宽敞
鸟儿可以飞到很远的地方

你生活得好吗
也像我这样喜欢叹息吗？

那朵花
把头靠在我的肩上
小声说，我的花期很短，没有时间
想很多问题

秋天的味道

陈霖东

你是想要
蓝莓味的天空
奶油味的云朵
还是甜橙味的夕阳？
或者——
黄桃味的大树
草莓味的红叶
还有巧克力味的土壤？

哦，好的
每样都来一点
做成一大桶冰激凌
取名秋天的味道

秋天的狗尾草

李茜

狗尾草曾经为七星瓢虫挡过风，
狗尾草曾经为小蜗牛遮过阳，
狗尾草曾经帮蚂蚱练习过撑杆跳，
狗尾草曾为很多孩子带去欢畅……

拿什么褒奖狗尾草的大爱？
拿什么赞赏狗尾草的热心肠？

秋天送给狗尾草金色的衣衫，
太阳为金色衣衫罩上美丽的光芒，
大地妈妈小心翼翼地把狗尾草的种子收藏……

来年春天，
那爱的幼芽，
一定在漫山遍野，
歌唱……

柿子树的理想

李茜

这棵五岁的柿子树，
满树的小灯笼在绿叶间，
铆足了劲儿生长！
每个小灯笼都曾属于一朵花，
每个小灯笼都是那朵花的理想。
绿色的小灯笼变得金黄，
金黄的小灯笼蜜浆饱胀……

为冬天的鸟儿备足食物，
这便是柿子树的理想。

愿望

花永盛

小径上，咯吱咯吱
是脚步对落叶的诵读
我们捧着香甜的烤地瓜
月光落在升腾的热气上
此刻该许一个愿望吧
比如，十二月飘一场雪
比如，旧信箱里
收到一封温热的信

第四辑

我是一枚冬天的雪花

冬天的故事

崔蕊霞

每天夜里
冬爷爷都会给玻璃窗
涂上一层薄薄的糖霜
好让馋嘴的太阳
早早起床
哧溜哧溜
把它们舔光

雪地里的脚印

高恩道

冬天的早晨，
大雪封门。
门外有两串脚印，
踩得很深、很深……
一串是爸爸的脚印，
通向工地的铲车；
一串是妈妈的脚印，
通向菜市场的磅秤。
两串雪白的脚印，
像两枝洁白的玫瑰，
美丽了我的心，
却又刺痛了
刺痛了我拾起玫瑰的眼神……

顽皮的冬天

薛卫民

冬天喜欢看小狗
在雪地上跑，
小狗就跑，
小狗不跑，
冻脚！

冬天喜欢听小鸟
在枝头上叫，
小鸟就叫，
小鸟不叫，
怕把鸟嘴冻掉！

冬天喜欢让小孩
玩得热闹，
小孩就热闹，
滑雪、溜冰、打雪球……
疯得头上热气直冒！

顽皮的冬天乐了，
他也不闲着——
他让雪花在空中舞蹈，
他迎着大北风，
嚯嚯吹口哨！

怪物

何晓宁

一个怪物
比天还大
春天走路
沙啦沙啦
夏天走路
哗啦哗啦
秋天走路
刺啦刺啦
冬天走路
呼啦呼啦
口袋里还装满了雪花

哎呀
怪物摔倒啦
雪花满天飞

盼雪

王雅梅

节气过了大雪和冬至
江南的雪还在远游
她像一朵朵流浪的云
只飘在孩子临睡前的故事里

距离平安夜还早着呢
圣诞老人早已站岗商厦门厅
叮叮当叮叮当铃儿响叮当
天籁歌唱着滑雪的快乐

跟随音乐欢快的节奏
点燃了对雪娃娃雪仗的想念
孩子们迷失在冬天的老家
坐着音乐中的雪橇飞奔向前方

画冬天

潘亚锋

我画了一个冬天：
地上是青青的小草，
树上是绿绿的叶子，
天空中，
飘着五彩的雪花；
我穿着小花裙，
在冰雕间舞蹈。
妈妈说：
“错啦，错啦，
哪有这样的冬天。”
哎呀，
这样的冬天，
我也是第一次看见，
可我还是喜欢。

我爱雪花

王丽清

下雪了
小蚂蚁戴着围巾
趴在窗口看雪花
雪花雪花真美丽
裁一片给我做件白婚纱
我好穿着它去出嫁

大白鹅扑闪着翅膀
迈着优雅的舞步
一曲高歌多响亮
我爱你小雪花

小鸭子在旁边呱呱鼓着掌
雪地上一个个小脚印
像一朵朵盛开的枫叶花
我爱你小雪花

小山羊在暖暖的房子里
一边吃草一边歌唱
小雪花咱俩比比谁的衣服白
我爱你小雪花

我要做一件衣裳
像雪花一样漂亮
上学玩耍
天天穿着它
我爱你小雪花

雪

丁云

雪轻轻铺开
一张雪白的稿纸
然后静静地等

等来孩子们用
小小的鞋
踩出歪歪扭扭的音符
等来孩子们用
大大的笑声
画下弯弯曲曲的诗行

最后
路边那个咧开嘴巴
笑得特别开心的雪人
是雪送给孩子们
最美的签名照

下雪了

柳笛

树枝粗了
房屋矮了
奶奶家的小院
变得拥挤了许多

小麻雀和灰鸽子
刚刚画下几笔白描
小花猫与小黑狗
就抢着赶过来
盖
章

冬天的精灵

张菱儿

乘着快乐的风
雪花
伸展着腿脚
旋转着
一朵一朵
从高得看不见的地方
飘落到地上

这些白色的小精灵
你抱我　我抱你
紧紧地拥在一起
悄悄地说着
属于他们的小秘密

热闹的冬

赵素杰

呼呼呼
那是什么声音？
是小北风的声音
小北风可真急躁
冬天刚到
就急着往人群里跑

砰砰砰
这是什么声音？
是小鞭炮的声音
小鞭炮可真叫早
年还没来到
换上红衣来凑热闹

咚咚咚
那是什么声音？
是圣诞老人走路的声音
圣诞老人可真好
圣诞节没到
就赶紧把礼物准备好

咚咚咚
热闹的冬
大家都来报到
还有雪人
也不能少

送一个冬天给你

任军

我一直都想
送给你一个不一样的冬天

白色的冬天太单调
想要一个绿色的冬天吗
想要一个红色的冬天吗
该没有谁想要一个黑色的冬天吧

喜欢什么颜色的冬天
你尽管告诉我

送你一个草莓味的冬天怎么样
送你一个巧克力味的冬天怎么样
鲜牛奶味的冬天
好像也不错哦

喜欢什么味道的冬天
你尽管告诉我

要不，送你一粒种子
一个冬天的梦吧
我想，你一定会喜欢

我是一枚冬天的雪花

苏美晴

多么漂亮，六角星星
白色的大地是星空
那么多星星挽着手，来到热爱的人间
把大树，装扮成一只白色的大鸟
我替它们欢呼出幸福的声音
所以，爸爸妈妈，不要总把我关在屋子里
暖在手心里
那样我就会慢慢化掉
你看冬天的天空，大地上的雪花
多么自由
我是一枚冬天的雪花，心里有一个白色的童话
我要出去，跟自然说话

脚印花

盘晓昱

纷纷扬扬的雪
是冬天的肥料吧
谁在雪地上
种下了脚印种子
梅花形的
三角形的
巴掌形的
一串串，一颗颗
一个挨着一个
一个叠着一个
我给它们浇浇水
喝了水的脚印
等到来年就会开出脚印花了
到时，我要摘下那些花儿
送给它们的主人
主人们一定会很惊喜吧
我也种下两颗脚印种子
希望来年自己的心情
也会像脚印花一样绽放

严冬快到了

潘与庆

寒风阵阵，枯叶飘飘，
大自然发出了“天气预报”
秋天已经过去，
严寒的冬季就要来到！

看，小松鼠忙得多欢，
捧着松果在枝头跳跃。
它可不是在玩耍，
它正忙着把过冬的粮食储藏好。

绵羊身上加厚了“毛衣”，
梅花鹿换上了新的“皮袄”。
狐狸、熊猫……也都是这样，
仿佛它们也懂得冷了会感冒！

青蛙和蛇躲进了洞里，
蝙蝠一动不动像个石雕。
它们都准备冬眠，
一直要睡到春雷动地、花满枝梢。

大雁急急忙忙起程，
扑打着翅膀直飞云霄。
它们可不习惯在这儿过冬，
急着去温暖的南方报到……

只有我们不用担忧，
妈妈早为我们准备了大衣、棉袄；
只有我们最最勇敢，
顶着凛冽的寒风天天长跑。

我们争分夺秒学习、锻炼，
我们用热气把冬天赶跑。
要问这一切是为了什么？
——让祖国的春天早早来到！

快乐的雪花

段永祥

冬天的舞会里
雪花忽而左，忽而右
忽而又打着旋儿纷纷落下
跳古典、探戈或者芭蕾
随性、舒心，点亮夜的黑

冬天的主题曲
是雪花快乐的呼吸
就像梦这个小家伙
喜悦的脚步
在夜色里悄悄挪移

舞着的雪花是快乐的
快乐的雪花是舞着的
你听，簌簌——簌簌——
她们笑得那么轻盈

凿冰

李静

一整片冰面上
我看准了一处
用力凿

一下
两下
……

水汩汩而出
喜悦也在翻腾——
一不小心
凿出了个春天

第五辑

大树妈妈长一岁

雨中的树林

金波

雨中的树林是个童话的世界，
走进去你就会变成个小精灵，
每棵树都会送给你很多喜悦，
你还会发现很多新奇的事情。

晶莹的雨珠滚动在叶面上，
蜘蛛吐丝给你串一串项链；
落花铺成的地毯又软又香，
还有青蛙击鼓跳舞为你表演。

鸟儿在雨中也愿一展歌喉，
听歌的松鼠摇着毛茸茸的尾巴；
细雨淋过的浆果酸甜可口，
刺猬扎满了一身运回了家。

连那些小雨点儿都会变魔术，
落在地上立刻就变成了蘑菇。

大树妈妈长一岁

樊发稼

秋风飒飒
吹呀吹
红黄蝴蝶
飞呀飞
——啊，那不是
蝴蝶在飞
那是
遍地落叶
在欢舞
喜迎
大树妈妈
又长一岁

笨树

王立春

树个子越长越高
却越来越笨

风老师的课
树永远听不懂
风掰着树枝的手指教写字
风拿着一片一片叶子教算术
树总是一边听
一边摇头

风越大声向树喊
树的头摇得越厉害

遇上树这么笨的学生
还能一遍一遍地教
风老师
可真有耐心

雪后的树

曾佑惠

树
一夜之间
都成了老爷爷

腰弯了
背驼了
胡子眉毛
全
白了

树叶

魏强

树叶飞走了
毛毛虫去追

从秋天
一直追到春天

变成蝴蝶
落在嫩叶之间

爱读书的树

郁旭峰

一本绿色的书，
风儿最爱读。
沙沙沙——
沙沙沙——
却又读不懂，
你听，
一边读还一个劲儿问着，
啥啥啥？
啥啥啥？

大森林

逢金一

阳光没来得及跳下地
便被拦住了
风打树顶上跑过
没掉下去

小松鼠调皮
扯下一片圆圆的树叶
啪
阳光跌成地上的一枚金币

树的感觉

金波

有一天我若能变成一棵树，
我会告诉你一棵树的幸福。

当我还是一粒种子的时候，
我躺在大地母亲的怀抱里，
倾听着远方小河潺潺地流，
流到我的身边变成了乳汁，
我变成小树苗从土中站起

我变成了一棵树开始生长，
我会把空气变得无比清新。
小鸟在我枝叶间筑巢歌唱，
每天开始都是晴朗的早晨，
我用翠绿的叶抚慰你的心。

告诉你，做树的感觉十分美好，
我拥抱着土地，土地也把我拥抱。

树墩上的小树

樊发稼

砍伐留下的
树墩上
新长出
小树一棵
绿油油的
叶簇
在阳光下
熠熠闪烁

一会儿
哗啦哗啦

一会儿
窸窸窣窣
小树
不停地
向路过的风儿
动情地诉说……

——聪明的小朋友啊
请你猜猜看
小树
在诉说什么

有棵老树

李拾齐

有一棵枯枝低梢的老树，
粗糙的，坏死的树皮是它的老茧，
它经历过春夏秋冬的暖燥凄寒，
它无言伫立在人烟绝迹的荆丛荒原。
没有鸟儿在它头上娇语，
没有花儿吐艳在它身边。
它默默地活，但永远将头向着天，
它不会抱怨，因为它经历过人世的苦与甜。
甜的是生长，苦的是容颜。
这棵老树，一直在我心间。
不是这年华的流逝，
而是这岁月的蜿蜒。

木耳

山叶

雨季过后，
木头的身体上
长满了耳朵。
现在，它可以听见
那么多美妙的声音：

风的奔跑，
鸟的鸣叫，
树与树之间的招呼，
以及自己胸腔里
一阵阵欢腾的心跳。

树是风狂热的歌迷

郁旭峰

高一点儿，
高一点儿，
树踮着脚，
憋着劲儿长高，
引颈张望。

风一来，
他就点头弯腰，
手舞足蹈。
风的每一声歌唱，
都有哗啦啦的掌声一片。

风匆匆地来，
匆匆地去，
从不眷恋树的热情。

仔细听听，
风儿的嗓音沙哑，
还有点口齿不清。

柳树是个臭小子

铁头

告诉你一个秘密
柳树是个臭小子
他披散着头发
在风里摇摆
春妈妈说
臭小子，快把头发剪掉
柳树不但不听
还自作主张
把头发染成绿色
春妈妈气急了
扯来一片乌云
下了一场春雨
给柳树臭小子洗洗澡
她说
总不能脏兮兮的
这孩子太烦人了

柳树是个臭小子
春妈妈管不住他
悄悄说
如果生个女孩该多好啊

风与森林

闻婷

落叶悄无声息地飞起来了
它们爱睡在根的怀抱
摇动森林的通信员
就是风啊
它带来小鹿踏出的秋天
“哒哒哒，沙沙沙”
它抱着果子扑通往下掉
它还跑遍整片森林
为我采来一束秋的光

校园里的树

崔国发

校园里的树
最不怕的就是风雨
每到春天，叶子就绿了
一群上学的孩子
在贺知章的绝句里走过
万条垂下的丝绦上，不只是有
春风裁出的细叶
还有童心妆成的碧玉

仿佛一切都已被说出
青春，理想，太阳的微笑
以及大地上那些美好的事物
树上，风一直在吹
孩子们沐浴在朝霞之中
天天向上
读着一棵树的渐次攀升
以及它如何才能抵达新的高度

那些好好学习的鸟儿
含着新鲜的晨曦
天一亮就早读
他们大声朗诵或呜啭低语
嘴里吐出
一颗颗晶莹的露珠

也许他们的内心，还能深悟
一棵正在成长的树
是怎样深扎它的根须
而最不愿辜负的，就是
它的脚下那一抔又深又远的
珍贵的泥土

第六辑

小花朵的梦

小花朵的梦

王宜振

调皮的小风
把小花朵的梦
吹开一条缝

他想瞧一瞧
小花朵的梦里
有没有会唱歌的星星

他想数一数
小花朵的梦里
由几种漂亮的颜色组成

谁知从那条缝里
滴出几滴
弯弯曲曲的鸟声

油菜花

张蓉

春天一声喊
油菜花就跑了出来
站好——
听太阳说话

蜜蜂　在油菜花耳边
甜言蜜语
跟我走吧——
你会过上幸福的日子

咳！太阳一声咳嗽
他继续说话

油菜花——
最听话的乡下妹妹

牵牛花

波眠

我顺着细细的蔓
架起无数紫红的喇叭形花筒
在晨露中
我吹送香气

中午　花筒周围来了
一群小瓢虫
这些淘气的小黄人
爬上爬下
要求把早晨的香气再吹送一次

野花的悄悄话

张晓楠

一株野花
向我招手，她想
让我过去
说句悄悄话

她说那只蟋蟀
肯定是
喜欢上自己了
一个晚上
都在喋喋不休
说了好多
甜蜜的话儿

她说好多草儿
闪着泪光
都是些好朋友
一定是
为自己的幸福
高兴极了

那只蟋蟀后来
告诉我
他只是想
送另一只蟋蟀
一枝野花

紫色的牵牛花开了

海川

紫色的牵牛花开了
粉色的牵牛花开了
白色的牵牛花开了
是谁清晨丢失了
这么多彩色的小喇叭

蝴蝶来了
小妹妹来了
她们说　多美啊
她们和牵牛花一起
笑啊　笑啊

豌豆花

王茗

含羞的豌豆花苞
眯着眼睛　看
轻风舞着细雨　清扫那小小的家

雨后的阳光　轻轻一下
就把那娇嫩的脸庞
吻成了一抹霞

几朵含苞的蓓蕾　迫不及待
赶忙问妈妈　该穿哪件新衣出发
飞来飞去的蝴蝶　似乎在忙着抢答

一朵刚睁眼的豌豆花
好奇地问妈妈
蝴蝶　可是会飞的豌豆花

油菜花

侯泽俊

春天的门
一不小心
就被一阵风给撞开了
金黄的地毯
覆盖了整个原野

一张张精致的嘴唇
说出黄昏　黎明
说出白云　日出
说出风筝对蓝天的思恋
说出蝴蝶与蜜蜂的私语

油菜花开
我好担心
我的小妹妹
在这片油菜地里
悄悄地、轻轻地
变成一只蝴蝶
突然间飞走了

住在一朵花里

丁云

跟着一只蝴蝶的舞步
飞进春天的花丛里

风是绿色的手指
翻动着彩色的诗行
一只紫色的小甲虫
是一枚小小的书签
提醒着段落间
精彩的情节
忙碌的小蚂蚁
是快乐的句点
更多的故事等着你来
慢慢翻阅

要是你累了
就住在一朵花里
把自己深深地
藏进春天里

怕生的小花蕾

邹华英

花儿快要开的时候
都紧紧地握住小拳头
那是花儿
来到一个不认识的新地方
好怕好怕
就像刚出生的小宝宝

牵牛花的梯子

耿立

早晨
牵牛花搬来的是红色的梯子
麻雀也会
在梯子上陪它上上下下

黄昏
牵牛花搬来的是金色的梯子
那时晚风就嫉妒
拼命摇晃梯子

夜里牵牛花的梯子
是银色的吗?
我睡着了
但我的梦曾爬上那梯子
跷着腿
和牵牛花壮胆吹口哨

一滴雨敲开一朵花的门

王立春

风
你小点再小点
让这些春雨轻轻地轻轻地
落下来

一滴雨敲开一朵花的门
只要叮咚一下
一滴雨敲开一朵花的门
花儿抿嘴微笑

风
要是你一使劲
把春雨吹歪
春雨就会歪着身子
撞开花的门

花儿也会开的
只不过　会气得
浑身发颤
满脸通红

豌豆花儿开

刘盛云

一垄垄豌豆，开花了。
玲珑的花朵——
春天精心布置的小客房，
如果，我能入住，
绿色田园，就成了
我宽阔无边的“梦工厂”！

我会迎着狗尾草般茸茸的阳光，
轻轻推开
豌豆花紫色的门窗，
听小草抻腰的“咯吱”
像努力渗向小溪的水的喘息，
像蚯蚓打通隧道后的欢唱。

我会到蚱蜢的部落，
将三级跳的游戏，
大玩一场。
当然，如果蓝铃草愿意，
我也会将她的挂钟，
当当，当当，一遍遍敲响。

我还会在星星睡熟的夜晚，
给明天穿过麦地上学的小孩写信，
信纸就是花瓣上铺展的月光。
啊，如果他们收到了，
回信就是，一浪一浪涌来的
清新的麦香……

啜泣的花朵

张晓楠

并不是每一朵
开放的花儿
都很惬意

我就看到了一朵
在星光下
石径的旁边
嘤嘤啜泣

曾有一颗
俊美的花蕾
心儿很大
藏着自己
殷殷的期冀

是一只小蜜蜂
叩开家门

石头想开一朵花

金朵儿

潺潺的小溪里
光影吻醒了石头
石头悄悄告诉光影
它想开出一朵花

开朵什么花?
蜜蜂说，开朵油菜花吧
它让春天住进人们的心房

开朵什么花?
蜻蜓说，开朵白莲花吧
它让夏天变得圣洁如雪

开朵什么花?
小鸟说，开朵矢车菊吧
它让秋天变得气质优雅

开朵什么花?
白云说，开朵小雪花吧
它让寂寞的天空拥抱大地

森林里传来神秘之声：
开吧，开吧
最好开出七色花

潺潺的小溪里
光影吻醒了石头
石头开出了四季的花朵
名字都叫：太阳花

花朵的旅行

王笑梅

某一天
她们背着小花苞

要去旅行了
心里怦怦跳

来到树下的时候
天是凉的，像水一样

要走七十二天呢
会越走越暖和

打开花苞的那一天
她们的脸真红呀

第七辑

月亮和星星的故事

月亮跟我走

薛卫民

我走，月亮也走。
我停，月亮也停。
我问月亮为什么，
月亮不作声。

妈妈，她是要和我玩吧？
因为天上太静。
要不，她是要跟我进屋？
因为天上太冷。

小星星

吴菁华

天上的小星星，
都是好学的好孩子。
不信，你看——
月亮老师一出来，
它们都坐在座位上，
眨着眼睛，
认真听。

月亮读书

铁头

月亮喜欢读书
天空就是一本大书
每天晚上她翻啊翻
星星就是字
数也数不清
太阳让她睡觉
她就大哭起来
看不了书　没人讲故事
她很不开心
天都变白了
太阳用云彩当被子
终于让月亮睡着了

月亮姐姐笑弯了腰

李婧瑄

夜幕降临了
小星星们结束了一天的游戏
一闪一闪地
围在月亮姐姐的身边
不知道哪颗星星
讲了一个有趣的故事
让月亮姐姐笑弯了腰

月牙

于于

天上一定有什么
奇妙的牙膏
瞧，月亮的牙
刷得多白

抢月亮

芷涵

大树把月亮
举得那么高
谁也够不着

乌云把月亮
遮得那么严
谁也别想找

小河把月亮
抱得那么紧
谁也别想捞

大山生气了
一把将月亮
藏在身后
谁也别想瞧

月儿的笑

刘育贤

月儿弯弯时
她抿着嘴儿微笑
月儿圆圆时
她张着口儿欢笑

月儿的微笑是一朵美丽的花儿
引得无数星星蜂儿、蝶儿般围着她舞蹈
月儿的欢笑是一道明亮的景儿
引得地上的男女老少望着她欢欣雀跃

每晚，蘸着月儿的微笑记日记
我的日记就会像小河里滚滚的波涛
老师把我的日记贴在学习园地里
同学们的眼光点燃着我心中的火苗

每周，蘸着月儿的欢笑写作文
我的作文就会构思奇特文字美妙
老师把它当作范文让同学们欣赏
寄给报社　报纸很快就会发表……

我感谢月儿的微笑
月儿的微笑是启迪智慧的灵丹妙药
我感谢月儿的欢笑
月儿的欢笑能帮我驱逐所有的烦恼

我问月儿为什么总笑得那么开心
月儿说她是天上一只自由的小鸟
自由的人才是最快乐的人
最快乐的人才能生活得无限美好

月亮是一张古老的唱片

雨兰

圆圆的月亮
是一张古老的唱片
在我的心底
缓缓地转动着
那经典的曲子啊
有时是李白的《静夜思》
有时是张若虚的《春江花月夜》
有时是苏东坡的《水调歌头》

圆圆的月亮
是一张古老的唱片
在我的心底
暖暖地转动着
我的眼前
有时是童年村庄的模样
有时是妈妈慈祥的笑脸
有时是爸爸苍老的身影

圆圆的月亮
是一张古老的唱片
轻轻地转动着
转动着你、我、他的心底
那永恒的乡愁

月亮开玩笑

宋雪蕾

月亮快乐时
爱开玩笑
不会大声说话
只是悄悄地变幻

夜幕上
月亮转了个身
变一片梧桐叶
皎洁文静
变一只橄榄球
莹亮滑溜
变一棵卷心菜
高贵洁白
变一根冰溦凌
凉爽透明

惊讶的光
闪烁在星星的眼睛
变幻变幻再变幻
月亮不会丢失明亮的心

秋天，我有一百个月亮

谭旭东

秋天，我有一百个月亮
一个从门前的树梢升起
一个从月季花蕾的肩上升起
一个从牵牛花的手臂上升起
一个从云朵上升起
一个从我诗集上升起
秋天的月亮比星星少比太阳多
秋天的喜讯比落叶少比雨水多

秋天，我有一百个月亮
一个送给你
剩下九十九个送给女儿
我有一片辽阔的天空
还藏着一个星星的花园

秋天，我有一百个月亮
秋天，我也有一个太阳

月光舞会

金本

今晚的月亮
真好，
海里的小动物们
来开月光舞会。

浪花乐队
首先奏起快三舞曲，
鳗鱼小姐
立刻旋转着登场。

探戈舞曲
响起，
青虾拉着虹鳟，
跳出优雅的舞步。

海马要跳迪斯科，
乐队立刻加快了节奏。
“还是来段慢四吧！”
老海龟迈着方步出场。

一曲接着一曲，
兴致越来越高，
直累得月亮扯一块白云，
遮着脸，
打起了哈欠……

星光

臧园园

趴在窗台上
大大的眼睛眨巴眨巴
感动了星星
一闪一闪
月亮挂在天边
偷偷地笑着
一只小手伸出窗外
想要触碰那束闪耀
漫天的星光照亮了夜空
熟睡中的天使
做了一个甜美的梦

我来给你当书签

张旭燕

我用了一整天的时间
捡了好多红色的树叶
捧着红叶厚厚一沓
仿佛捧着一本童话书　写满秋天
我在夜里读它
上面的每个字都在冲我眨眼
月亮笑了　这是我写的呀
星星落了　我来给你当书签

露珠和星星

王雅梅

露珠是星星的好朋友
总爱踮着脚尖
仰望夜空

露珠是闪亮的文字
在叶子的许多日记里
记录着和星星在一起的故事

走夜路的时候
叶子拉住了星星的脚
一步一个脚印

星星就在叶子驿站停留
星星把夜路
走成一首迷人的小夜曲

天亮了
露珠就是星星的泪滴
露珠就是星星留下的音符

叶子上的星星

晨光微晓

丢了梦的孩子
早上醒来，
一不留神把伤心
溢满了眼。

清晨的一朵花，
揉了揉惺忪的眼，
把夜揉碎了，
掉落满叶。

寻梦的孩子，
沿着阳光撒下的线索，
发现了那些碎片。

当他开心凝望的时候，
目光把幸福和碎片
和着太阳的影子，
定格成了
叶子上的星星
闪，闪……

盛夏夜之梦

刘国爱

请在某一个夏天的夜晚，
把好梦交给窗外的流萤，
把童谣教给蟋蟀，
让池塘处处蛙鸣。
飞进隔壁的院子，
逗乐调皮未睡的孩子。
飞入漆黑的树影，
装作一团诡异的微光。
我要召集我的同伴，
落在地上，
变成倒翻在地面上的星空。
最后的最后，
月光洒满篱笆，
夜神唱响天国。
我会在树叶上闪烁，
说道：
哈哈，是我，是我。

统统去睡觉

凌晶

深夜
露珠互相打着照面
叶子依偎着说笑话
风在每个空隙中跑来跑去
……
清早太阳起来
看到这一切
生气地说道：
统统回去睡觉

只有露珠姑娘们最听话
赶紧悄无声息地回了家

苹果里的星星

李德民

如果你横着把苹果切开
就会发现，在苹果里面
藏着一颗
小小的星星

它可能是夜晚捉迷藏时
躲到这儿来的
风找遍了整个果园
也没发现它
也许这儿太隐秘、太安全
这颗小星星竟放心大胆地
睡着了，还做了一个
又香又甜的梦

夜空也是一片海

陈中苏

夜空也是一片海
夜来了
大海里的星星鱼
游上了天空
满天空都是

是谁在海里垂钓
放下一个明晃晃的钓钩
星星鱼一尾尾贼聪明
眨眨调皮的眼睛
从不上钩

月亮钩很有耐心
从东边钓到西边
用力一扯
结果把昨晚落在西山坳的太阳
给扯到了东海面上
惊动了天空的星星鱼
一尾尾都游回了大海深处

一地星光

娜仁琪琪格

先是一地星光　然后是
软莹莹的绿　铺展过去
直到天涯　星星洒在草丛　花瓣之上
有的掉进了露珠中　眨眼睛　躲闪
轻轻说：我在这儿　我在这儿
呵呵呵　我在这儿……

“看我不捉住你！”
我起身　晃动一树的花影
倏地　好多好多的星星
就落在了我的身上
钻进了我的花枝
绿叶中　它们在挠我的痒痒

哈哈哈　我晃动着　晃动着
突然　我发现了——蝉儿
正在那里鼓着腮帮子　吹喇叭
好多的蝉儿　在吹小喇叭

它们一吹　星星就从天空飞落下来
它们再一吹　夜就凉了

我的星星

刘崇善

夜把大地吞噬了，
只留下了夜空的星星，
星星不是我的星星，
好奇地向我眨着眼睛。

我的星星在哪儿？
它一直在伴我同行，
我把它比作黑夜的灯光，
成长的路上需要它指引。

指引我的路怎么走，
怎么一步一个脚印，
冲破混沌，走出困境，
迎来心中的一片光明……

画贝壳

刘脏

星期一，我在星空中画贝壳
星期二，我在星空中画贝壳
星期三，我在星空中画贝壳
星期四，我在星空中画贝壳
星期五，我在星空中画贝壳

星期六星期天
我拥有的时间
比平时多好多
仰躺在星空中
我继续画贝壳，并且在每只贝壳上
画下一小片海

星星的诞生

高谊沣

天上有多少朵花
水里的鱼儿会知道

花儿每做一个梦
就把自己印在夜空
形成闪耀的星

星星每跳一段舞
池塘里就欢腾起来
鱼儿追赶星星的小影
数着水中有几点星光

这美好的诞生
相互陪伴

春天花开的时候
就是星星的生日呢

惊喜

全婧

就像窗户纸里的那盏煤油灯
它以为在煤油燃尽前
世界只能看见它的舞蹈
却没有想到
黎明已经提前闯入了窗户纸上的小洞
在那些光影交错的角落里、空气中
像香槟杯里的金箔
让人眩晕

月亮

朱香文

迷路的时候
月亮是一盏灯
指引你回家的路

想家的时候
月亮是一块月饼
助你团圆梦

有梦想的时候
月亮是一艘飞船
载你遨游知识的苍穹

有时
月亮也会耍小孩脾气
如果有谁惹她生气
她会用云朵棉被
蒙住头
偷偷地流泪

月亮的银币

李振作

蝌蚪困了
蛐蛐的夜话
激起波纹

月亮赶紧掏出
一枚闪亮的银币
押在湖底

第八辑

阳光的香味

早晨新鲜的阳光

金波

每天，早晨的阳光都是新鲜的，
在阳光里，我闻到牛奶的香味，
青草和花朵的香味，
露珠和鸟声的香味。

孩子，阳光照到你的脸上，
照亮你的微笑。
你早晨的微笑也是新鲜的。

我为你深深地呼吸。
我闭上眼睛，似乎在飞，
伴随着一种阳光的韵律。

面对着你，我不需要眼睛看，
只需要静静地感受，
像感受早晨的阳光。

太阳离我们很远，
我们离得却很近，
我们和阳光每天都是新鲜的。

就像在彼此的记忆里，
闪烁着早晨新鲜的阳光。

阳光的香味

丁芳

天气晴好
阳光把窗棂染成金色
被雨水滤过的空气
清冽甘甜

忍不住走出家门
让自己停留在
斑斓的树影中
调皮的阳光
在我的脸上
快乐地奔跑
在鼻尖上、睫毛上
不停地跳跃

抓住一把
最灿烂的阳光
邮寄给
还流连在梦中的你
可否闻到
阳光的香味儿

假如有两个太阳

宋雪蕾

一个鸡蛋
敲出两个金色的蛋黄
一个太阳
待在天上多么孤单

假如
有太阳爸爸太阳妈妈
一个东一个西
思念时静静地发短消息

假如
有太阳哥哥太阳弟弟
一个高一个低
扮着角色来演戏

假如
有太阳男生太阳女生
一个气呼呼一个笑嘻嘻
互相猜猜心里的秘密

假如
有两个太阳
世界一定不会和现在一样

养了一株阳光

倪经纬

嘘

小声点

悄悄告诉你一个秘密

我在窗台上养了一株阳光

它　顺着野蔷薇的藤

溜过猫咪巫师的小院

穿过水壶茶杯的林荫道

看到了吗

就在那片窗台上

一株阳光

吊兰是它的小床

我看到满山坡的阳光

宁昭收

一滴水在阳光中
会成为晶莹的露珠
一只飞蛾在阳光中
会金光灿烂熠熠生辉

坐在满山坡的阳光中
春天的鸟鸣
飞过万水千山
悄悄打开天空的窗口

我知道
大地的灯盏熄灭的时候
心灵的灯盏会悄悄地亮起

阳光

凌晶

从太阳上
飞下来
从树叶上
滑下来
从花朵上
跳下来

他轻轻地弯下腰
用金色的语言
问候了泥土
用温暖的手儿
捧起了一棵嫩绿的草芽

睡觉

耿立

太阳晚上睡觉
星星白天睡觉

他们都把山当成枕头
那梦很宽阔
床板也很宽阔

有时累了
他们想翻一下身
那么天就明了
那么天就暗了

太阳和星星商量好
他们换班睡觉
谁也不能吵闹

干杯

陈中苏

干杯！干杯！
草地上
一枝枝郁金香
举起高脚杯
响起的碰杯声
叮当叮当

白天，太阳公公
为她斟满一杯杯阳光
金灿灿的阳光酒
飘着阵阵清香
喝一杯全身暖洋洋

夜晚，月亮婆婆
为她斟满一杯杯月光
银亮亮的月光酒
兑着一颗颗星星的光芒
喝一杯全身清凉凉

在清晨时分
星月走了
太阳还没露脸
她们捧着的
是一杯杯珍珠露
恭送离去了的黑夜
欢迎即将来临的白昼
这时，太阳一起身
就醉得满脸通红

阳光的手指

林小锋

初夏
阳光伸出温暖的手指
要去挠泥土下
蝉的痒痒
可是
怎么使劲也够不着
逗笑了
鸟儿
还有树妈妈

银白的房子

韦娅

沙滩上

有许多房子
鸟儿和龟儿还有蟹儿都来居住
只有一间是空房子
用来贮藏我明亮亮的阳光

不要天窗
也不要屋梁
只要将大门紧紧关上
盛一瓢阳光
再装进一束
被大风吹落的星光

拍拍粘满手心的细沙
再抖落几粒睫毛上的花粉
趴下来　看一看
哟　我银白的小房子
里面的阳光　还在不在

我知道

应拥军

夜晚的草地
泛着光亮
我知道
星星来这里散步了

果树的叶子
不再摇动
我知道
风儿在树顶睡着了

路边的小花
一脸幸福
我知道
蜜蜂王子来亲过她了

阳光躲在露珠里
向你微笑
我知道
灿烂的一天又开始了

第九辑

小河、小草和蚂蚁

蓝色的小河

邓西

大树站在岸边
把影子揉进河水中
垂柳把长发伸进波纹里
向日葵在给野菊花讲故事
莲睡在水面，一条鱼在叶下
温柔地想念另一条鱼
天空将蓝色倾入水中
又将白色的云朵安放
那一枚通红的太阳
在水底招摇
水蛇不动声色地穿过太阳
蚂蚁驾着一条小船过来
他急着要把湿漉漉的天空
打捞上来

河流是躺着的

耿立

河流是躺着的
她无法直立
她躺在乡村的眼皮下
等乡村瞌睡了
她还是躺着
爸爸说，河流低调
虽然有时喧哗
但不是像海拔那样骄傲地升起来
她不要制高点
她就是在乡村的眼皮下
睡得安稳

小河

莫问天心

总要捉几只田螺
甩掉小的
留下大的

作业本在书包里跳跃扑腾
不管它
鱼儿游得痒人的心

蝌蚪会在春天
准时到来
伴着跃动的年少憧憬

小河
总是童年的风景
把每一个课堂句号延伸

小河
不动声色地看着我们
把童年流成时间的波纹

笑眯眯的小河

金敏

风给小河
讲了许多有趣的故事
小河听了
整天笑眯眯的

小鸟来喝水
小河笑弯了眉毛
小狗喝水的时候
小河啪嗒啪嗒鼓掌

看着水面的落叶花瓣
飘来荡去的小纸船
游来游去的鸭子
小河笑得合不拢嘴

男孩们喜欢
朝水里扔石头
小河跳起来说
不痛　不痛
然后还是一副
笑眯眯的样子

小池

侯泽俊

妈妈打开后园
请进蜻蜓
请进风，请进雨

于是
小池的荷尖上
停着一架架轻盈的小飞机
雪白的涟漪下面
鱼儿在水中欢快地嬉戏
顽皮的雨
一滴一滴落在小池上
一滴一个甜蜜的酒窝
一滴一个悦耳的音符

太阳不用请
每天早晨
一次次来喝水
月亮不用请
到了晚上
一遍遍来洗脸

你要是也想听

芷涵

叶子很绿，
花色很浓，
蝴蝶的舞姿很轻盈。

还有两只小瓢虫，
瓢虫、瓢虫，
好像叶子上的小星星。

小星星，小星星，
正在说悄悄话，
大家很安静，很安静。

风啊风，你要是也想听，
就不要跑动，
你要轻轻、轻轻、轻轻……

苔藓

周俞林

明处闪亮着鹅黄
暗处铺展着翠绿
在冷酷的岩缝里低调重生
不为今生悲，不为来世苦
只图留下一些记忆
心无旁骛走出一条路
没有花朵也不制造种子
或许会因暴晒而干枯
但只要还有一阵雨
就会匍匐生长
幸福像花儿一样开放
漫天飞舞幽幽清雅的乐曲

蚂蚱读书

毛思词

蚂蚱在草地上读书
读完一本
欢喜地蹦跳几下

蜻蜓在河面上读书
还用尾尖
圈圈画画

蚯蚓从泥土里钻出来
一个劲儿地嚷：
“教室里太黑了，
我要把书桌挪到外面来。”

我是一只蝴蝶

金波

我是一只蝴蝶，
深秋时节，
请把我夹进
一本厚重的史诗。

飞过五千年的岁月，
游走于字里行间，
读月夜的恬静，
读战马的嘶鸣。

晨钟暮鼓，
江河滔滔，
细雨绵绵，
拂拭我的翅膀。

有谁翻开书页，
我便是复活的蝴蝶；
飞上枝头，
变成一抹新绿。

蚕宝宝

史京

一片绿绿的森林里，
开来一列和谐号动车。
你听，
沙沙沙，沙沙沙……
火车到站了，
咦？
铁轨怎么不见了，
火车怎么回家啊？

嘘，别着急嘛，
钻进小房子，
变变变——
变成一架飞机，
起飞喽！

发现一根透明的草

海嫫

我发现一根透明的草
把它藏在
门外　花盆的接水盘里

希望女巫不要发现
妖精不要发现
就连打扫卫生的姐姐也不要发现

我喜欢一根透明的草
安静地睡在
门外　花盆的接水盘里

没有为什么
就是没有为什么
为什么一定要有为什么呢

狗尾巴草

安武林

狗尾巴草
在童年的田野上
摇头晃脑

我从田间走过
他们欢快地叫
太阳眯眯笑着
他们的尾巴轻轻地摇

当风儿跑来
他们飞奔闪转
咬咬咬
他们想咬住风的脚

雨来的时候
他们惊慌逃窜
你磕我的腿
我撞你的腰

狗尾巴草
在童年的田野上
摇头晃脑
我好想把每一条小小的狗儿
都抱抱

妈妈背上的小蝎子

张洪波

小蝎子们
趴在妈妈的背上
他们在妈妈的皮肤里
找吃的
找喝的

小蝎子的妈妈
背着孩子们走遍四方
还带着
能保护子女们的
蝎子的刀
蝎子的枪

六个星期之后
小蝎子们长大了
他们跳下妈妈的背
要自己去闯荡

总有一天
他们也会背起自己的孩子
当一个真正的蝎子
就像妈妈那样

牵一只蚂蚁去旅行

史京

今天　我要牵一只蚂蚁去旅行
我得找一条绳子　细细的
拴哪儿呢
大腿
不行　它还要散步呢
就脖子吧
它那么小　脖子会勒疼的
哎，真是伤透我的脑筋
就轻一点，轻一点吧

牵着它往哪走呢
去广场吧
看奶奶们跳一跳佳木斯[1]
看爷爷们练一练太极

我要牵着它到图书馆
让它也读点书
感受我们人类的文明

我要牵着它到王府井
看看繁华的大街
拥挤的人流
当然，我要千万小心
哪个粗心的家伙踩伤它

我还要牵着它坐一坐飞机
让它感受飞翔的滋味
就是担心
能不能过安检

牵一只蚂蚁去旅行
那种感觉真是奇妙

[1] 佳木斯：这里特指“佳木斯快乐舞步健身操”，一种健身体操，适合中老年人演练。

南瓜的样子

苏培凤

小蚂蚁
很想知道
大南瓜长什么样子

老蚂蚁说
小傻瓜
脚下不就是一只吗

小蚂蚁
爬来爬去打量着
这不是面大鼓吗

老蚂蚁乐了
小子
到树上去

小蚂蚁爬上了树梢
笑
这不是个橘子吗

谁的伞大

薛卫民

太阳像火球，
烤得火辣辣……

小蚂蚁举片丁香叶，
他说：我的伞大！

小蚂蚱举片梧桐叶，
他说：我的伞大！

小青蛙举片绿荷叶，
他说：我的伞大！

天空扯过一片白云，
蒙住太阳的脸。

哈！这个伞才叫大，
所有的伞都在这个伞下！

蚂蚁和日记

刘盛云

一只黑色小蚂蚁，
哒哒哒哒，
哒哒哒哒……
爬上我摊开在双膝的日记，
成为一粒
游移的汉字。
来来去去，
来来去去，
就是找不到
它想挤进去的文句。
咳，好无奈，好着急！

醒了吗

吴帆

嗨，蚂蚁小弟
你醒了吗
昨晚　我又想你了
想你是不是又跟那只瓢虫吵了架
想你是不是又找不着回家的路

春天来了
到处是鸟鸣
到处是疯长的新芽
直起身　伸个懒腰
深深地吸一口气
把过去所有不快乐的事情通通忘掉
看看窗外灿烂的阳光吧
祝你　一切都好

高兴坏了

吴帆

上午阳光正好
蚂蚁哪儿也不去
一个人坐在院子中央
专心给蚯蚓写信

第一句话是向蚯蚓问好
第二句话是感谢蚯蚓昨天给自己的帮助
第三句话是告诉蚯蚓院子里的桃树开出了粉色小花
第四句话是想打听瓢虫的地址
第五句话是邀请蚯蚓、蛐蛐和蝴蝶来做客
第六句话是讲了一个笑话
第七句话——
第七句话该说些什么好呢

蚂蚁想了想
然后飞快地写下最后一句话——
差点忘了告诉你
我学会骑自行车了呢
高兴坏了

小河、小鸟和我

黎晓敏

从教室楼梯的转角
常听到它清脆的声响
早晨健走时也路过
乡路旁的那条小河

穿过几块已经收割的农田
好奇心驱使我
怀着跳动的紧张感
靠近　再靠近
奔流向前的河水
瞬时让我宁静

和我一起的
还有停在石块上的小鸟
小河、小鸟和我
此刻　是无言的朋友

谁牵着谁去旅行

高谊沣

桥上的石狮子
牵着河流去旅行

遇见一座小山
小河扭扭腰
便看到山那边的风景

遇见一片荒地
小河流流泪
把嫩嫩的绿芽唤醒

遇见一处海湾
小河握握手
完成与大海的国际会晤

遇见一弯彩虹
小河抖抖身上的尘土
映出世间最美的晴空

到底谁牵着谁去旅行
石狮子也露出迷糊的表情

荷塘

李振作

是谁剪下了
一片蓝色的天空
铺在水上
有云有月
有星星

是谁栽上了
一片碧绿的夏荷
补在“天空”
有花有叶
有蜻蜓

快看，天上有鱼
有花在动
快瞧，水下有风
有云在游

有什么节日要到了吧

段永祥

鸟，叫了一声
云就聚过来了
雨，刷刷洗洗
山就青了
荷花支起别致的宫灯
温暖着做梦的蜻蜓
青蛙鼓着腮帮
用歌声染绿列队的稻秧
玉米舞着水袖
果树吹着气球
一只毛毛虫仰起头，问
是有什么节日要到了吧

冰棒

李静

一把夏日的小锹
有木制的锹把
也有锹头

那小小的锹头
不能铲
也不能挖

粉粉的舌头
一靠近啊
好像掘出一条甜甜的河

小草

璨璨

我是一些柔软的镰刀
收割从山洞里离家出走的风

我是一些灵动的绸布
抚摸从泥土里眺望天空的虫

我是一些律动的长笛
伴舞从林野间寻访花朵的蝶

终于有一天
我仍然是一片小小的草叶
从大地的床铺上苏醒
又在这片温软中入眠

虫子的名字

夏小五

害怕走丢
夜里出来玩耍的
虫子
高一声　低一声
喊着
同伴的小名儿
嘚儿　嘚儿
吱儿　吱儿
嘚儿　嘚儿
吱儿　吱儿

第十辑

给老鼠写一封信

老鼠的感谢信

蒲华清

小老鼠，嘴巴馋，
吃了三颗红药丸，
鼠爸大叫：“是鼠药！”
老鼠一家哭成团。

哭了一天又一夜，
小老鼠，睡得酣；
哭了一夜又一天，
小老鼠，一溜烟……

这鼠药，好稀罕！
鼠爸鼠妈忙查看：
桌下还有五大包，
都贴“杀鼠”黑标签！

鼠爸尝，鼠妈舔，
喷喷香，蜜蜜甜……
乐得忙往洞里搬，
欢欢喜喜过鼠年！

搬完桌下留张条：
“谢谢主人营养丸！”
再给商家发邮件：
“你的恩情重如山！”

七星瓢虫

应拥军

金色的阳光下
一株小树
撑着绿色的伞

有一只瓢虫
驮着许多星星
慢慢地飞来
停在这株树上

嘘，不要出声
星星正在睡觉
千万别吵醒它们

等到太阳合上翅膀
瓢虫会把星星
带到天上，给我们
讲亮晶晶的童话

蚂蚁

林染

一只蚂蚁背走了我的童年，
是那只我曾圈过的蚂蚁。
我的风筝、万花筒、彩色蜡笔，
我的动画片们，
我的弹性绝佳、皮球一样
整天欢蹦乱跳的淘气，
全让他一股脑儿背走，
藏在春天的哪一片草叶下。

像一阵谁也无法留住的风，
眨眼间一只蚂蚁爬远了，消失了，
我知道永远也不会遇见他了。
亲爱的小蚂蚁，
你会来信吗？

一只蚂蚁背走了我的童年。
我相信，他会守住好伙伴的秘密，
我在小小班尿裤子的事，
他不会向谁宣扬。

擦天空

邓西

狐狸拎着油彩桶把天空涂成了褐色
他说那是松子的色彩
兔子扛着水彩笔把天空抹成了绿色
他说那是小草的颜色
天鹅拿着画笔把天空描成了红色
他说那是爱情的颜色
鹿、斑马、孔雀、蝴蝶和翠鸟……
他们都来了
把天空全部涂上了自己喜欢的色彩

晚上
月亮闪耀着五颜六色的光环
星星也变得丰富多彩
但我听到天空在低声叹息
他很想很想，变回柔软的蓝色
他说，那是大海眼泪的颜色

于是，我用小巧的手掌
轻轻擦去天空所有的颜色
天空明亮如镜，水洗一般透亮
他恰好映出我童年时的模样
那穿一袭蓝色衣裙的女孩
正站在屋顶上，抬头仰望天空

哦！
原来，天空中的我
也是大海眼泪的颜色

小松鼠的早晨

聪善

小松鼠一睁开眼
发现早晨的阳光
透过缝隙钻进来
像七彩的丝线一样
小松鼠想
要是把它绕成一个线团就好了
就可以织一条漂亮的围巾了
于是小松鼠拿着一个松果
跳上跳下绕啊绕
可忙了一个早上
阳光也跳来跳去
只逗着小松鼠玩捉迷藏

我要看老鼠先生

可可

老鼠为什么白天不出来?
我都看不到!

老鼠怕人啊,
白天人都在忙,
所以老鼠就躲在洞里,
晚上才出来偷东西。

哦!
那猫咪晚上就出来抓老鼠?
对呀!
小猫咪晚上一动不动,
老鼠来了就“喵呜”,
把老鼠抓起。

那我晚上也一动不动,
就能看到老鼠先生了。

棉花糖

高璨

蓝天上有一朵朵棉花糖
白白的
软软的
小白兔嘴馋了
望着白白的棉花糖
流着口水

小黑熊树后暗自好笑
从家拿出一支棉花糖
递给小兔

小兔脸红了
笑着说：
“怪不得天上少了一朵棉花糖！”

任性的小刺猬

聪善

有一只任性的小刺猬
其实长得蛮可爱的
尖尖的鼻子小小的嘴
圆圆的眼珠弯弯的腿
说起话来叽叽叽
走起路来吱吱吱
可就是脾气有点坏
见人没有好脸色
甚至动不动就
竖起一身尖尖的刺

小刺猬又撒娇了
不听哄也不听劝
气呼呼竖起了刺
气呼呼跑出了门
一不小心摔跤了
骨碌碌　骨碌碌
小刺猬从山坡上
一直滚到了山坡下

小朋友发现了小刺猬
以为是个小刺球
就把他种在花盆里
培上土来浇上水
哎呀呀　这下糟了
小刺猬变成了一个仙人球

爱打扮的小花猫

于文胜

有个爱打扮的小花猫
高高的鼻子圆圆的脸
啧啧，真漂亮

有一天，小花猫
精心梳妆细打扮
端着镜子细细瞧
呀，什么地方都满意
就是黑胡子长着太糟糕
于是——
小花猫找来了剪刀
咔嚓咔嚓把胡子剪掉
再端详镜中的自己
小花猫满意地微笑

可是
自从那天起
小花猫一只老鼠也捕不着
即使老鼠从他身边跑过
他也不易觉察到

有时为了追老鼠
明明看见前面有个洞口
能不能进也不知道
结果撞得脑袋起青包

小花猫这才明白了
没了胡子才真叫糟糕
捕不到老鼠没饭吃
饿得肚子咕咕叫……
看来不能光要漂亮
胡子虽然不美
可比漂亮更重要

一只白天鹅

邓西

溪边的水草稠密而柔软
一只白天鹅，伸着修长优雅的脖颈
倾听风从一朵白云上刮过去
但她从不鸣叫
他们说，看吧
那只美丽的哑巴天鹅

她的白比雪还圣洁
她的冠比杜鹃花还艳
但她从不歌唱
静默如一棵不开花的草
他们说，看吧
那只孤独、可怜的白天鹅

只有她自己知道
她在等他从头顶的天空飞过时
向他纵情地歌唱
赞美他那双强壮而有力的翅膀

小鹿的镜子

邓西

森林里有一片蓝色的湖
蓝得纯净，宛若一块美玉
岸上开满各种颜色的鲜花
蝴蝶和蜜蜂尽情飞舞

一只小鹿站在岸边，端详自己的影子
他们纷纷赞叹，她真美呀！
一只青蛙欢喜地跃入湖水中
溅起水花，波纹一层一层荡漾
她的影子也跟着一层一层荡漾

小鹿哭着走了
她要去告诉妈妈，她的镜子碎了

魔法师

王鹤蕾

白云里住着一位神奇的魔法师，
可以把自己变成很多动物、植物
和人。
有长长鬈毛的猎狗和山峰、冰川、仙女……
他们全都是白色的，
因为这位魔法师是色盲，
她从来都没有见过五彩缤纷的色彩呢。
她会说，马是白色的，花是粉色的，太阳是红色的……
而她自己呢，左边是红的，
右边却是绿的。

北极狐在雪原上奔跑

张洪波

比雪还白的北极狐
那么小巧的身体
在广阔的雪原上
显得更加小
小成了一个黑色的鼻尖
一个孤独的点

它独自奔跑着
大雪覆盖了回家的路
它漫无边际地寻找着食物
也寻找着家的方向

家是温暖的
没有家该是多么可怜
它不能停止奔跑
仿佛整个雪地都是奔跑的北极狐

它惦记着家
越惦记家跑得就越来劲
心里就总是热热乎乎的

草原上的土拨鼠

张洪波

草原很大
草原的下面也很大
勤劳的土拨鼠
在草原的下面把洞打

土拨鼠的洞穴
就像草原胸腔里巨大的迷宫
东西南北
四通八达

自由自在的土拨鼠
他们敢和所有的猎手捉迷藏
就像一支不可战胜的游击队
真正地拥有着自己的天下

刮大风了，下大雨了
那又有什么可怕的
借这个机会，在自己的迷宫里
老土拨鼠要给小土拨鼠上课啦

乌鸦学本领

于文胜

啄木鸟会看病治病，
白大褂穿上走到哪里都受欢迎。
猫头鹰是捉鼠能手，
农民伯伯对他也肃然起敬。
花公鸡高亢的号角唤醒黎明。
小黄雀优美的舞姿令人醉心……
森林里的伙伴们，
都有自己出色的本领。

乌鸦心里很羡慕，
决心也要学一种顶呱呱的本领。

向啄木鸟拜师去学医，
白大褂穿上真帅气。
医药辞书一大摞，
乌鸦心里没了底。
各种符号和数据，
一个一个都要记。
看来医生不容易，
耗费时间太可惜，
不如赶紧学他艺，
兴许早日成大器。

乌鸦又找花公鸡，
心想吹号挺容易，
只要天明就起床，
拿个冠军没问题。
可乌鸦吹号才三天，
就再也不愿把床起。
吹号简直是受罪，
牺牲懒觉太可惜。

乌鸦又去找黄雀，
跳舞简直太费力。
还去找过猫头鹰，
也跟过喜鹊当信差……
本领没有学到手，
问题究竟在哪里？

不下功夫不努力，
永远也难成大器。

狮王醒悟

唐德亮

狮王被大象踢伤
感觉脸上无光
它从东山逃到西岭
继续称霸称王

它前天打伤狗熊
今天咬死老狼
昨天赶走野猪
今早吓跑羚羊

跑的跑，躲的躲，亡的亡
山林里一片寂寥空荡
狮王成了一个孤家寡人
没人和它说话
没人送它食粮
要命的是它的腰伤发作
没人敢给它疗伤

终于它一病不起
临死前忽然醒悟
自己的所作所为
是多么愚蠢荒唐

爱说大话的乌龟

潘与庆

一只乌龟，爱说大话。
一次他在河边遇到一只青蛙。
乌龟得意地对小青蛙说：
“我会爬，会游，还会飞，你信吗？”
小青蛙把眼眨了又眨：
“你本事真大，能让我见识见识吗？”

乌龟说了大话，
去芦苇边找到了两只野鸭。
野鸭听乌龟想飞上天，
左思右想，帮他想了个办法。
他们找来了一根细木棍，
野鸭说：“你要咬紧木棍，千万不能说话！”

两只野鸭腾空而起，
乌龟也跟着上天啦！
“看啊，乌龟上天了！”
地上的小动物惊奇地喊着话。

“我——没——”

还没等“吹牛吧！”几个字出口，

“啪”的一声，

乌龟就从高空重重地摔下，

差点打中朝天仰望的小青蛙。

嗨，乌龟呀乌龟，

干吗爱说大话！

写一封信

张梦婕

小松鼠总是一蹦一跳
走在
季节的前面
春的气息还藏在泥土里
野山坡上时
他就
做着一枕丰收的梦
金黄的谷穗
飘香的大豆
起伏于内心
他把树枝当秋千
荡啊荡
天上的白云
看见了
羡慕地自言自语：
“啊呀！
小松鼠好快活！”

一阵风吹过
落红遍地
夏天它来了呀
到处像被太阳点着了
小松鼠热得差点忘了
冬夜里在星空许下的
诺言
他要寄信给住在城里的
老鼠小弟

昨夜风起
啪嗒
一颗松果落下来
惊醒了睡着的小东西
啊哦，秋天来了呀
我要向你鞠个躬
他一骨碌坐起来
开始在月光下给老鼠小弟
写信
风儿把秋天带来了呀
大森林里有很多好吃的
欢迎你回来做客
又是一阵风儿吹过
啪嗒
一颗成熟的野葡萄
落下来
小松鼠昨夜写成的信
也被风儿带走了

一只甲虫的自白

郁冬

你看我
黑不溜秋
总是一声不吭
趴在那个路口

嘘！我在等春天

（一）
春天来了
小草拱出地面
给我挠痒痒
咯咯咯！
我笑得摇头晃脑
世界也在笑我
他们眼花缭乱

我爱去半化的河面
听听流水羞涩的声音
用勤劳的手拨开
每一片黄叶底下的
绿荫

我打着滚
我翻个身
听小草们说话
他们说
哗啦哗啦
长大长大

（二）
夏天来了
在一场暴雨之后
我洗尽几个月的灰尘
伸个懒腰
赶紧逃命

喂！
有船吗！
我的铠甲都淋透了
我那么苗条
一会儿可就要泡肿了！

这声呼唤太迷人
叶子被震落
于是我轻身一跃
跳上了我的小船
再见，夏天

（三）

秋天来了
风刮来金黄
也带走了慌张
静美的自然

又胖了
已经不能和阳光赛跑
静静守着漫天霞光
这也挺好

绕着老树听他讲故事
过去的过去
有一只大灰狼
遇到了可爱的小山羊

大灰狼和小山羊
玩起了捉迷藏
小山羊就藏在树洞里
大灰狼就躲在丛林间
谁也不吃谁
我被老树的故事
催眠

（四）

冬天来了
迷迷糊糊的我
四肢不那么灵巧

蜷缩在枯败的黄叶下
是我回归自然的情操

我走不动了
伸个懒腰也很费力
成了老爷爷

我的身边
他们都睡了

我的眼前
只有冰雪

我固执地醒着
用一生的力量在雪上
画一颗心
用一生的希望昂起头
瞻仰太阳的方向

第十一辑

快乐的童年

想看海的孩子

杜虹

我是大山的孩子
我多想
多想看看大海呀

想看看小山包一样的大鲸
是怎么喷出大树一样的水花
想看看红红白白的珊瑚
是怎么搭成鹿角一样的枝丫

想看看“龙宫”是不是
外星人的基地
守门的，是不是
拿激光枪的外星叔叔

想看看会唱歌的小美人鱼
能不能把月光
梳成美丽的长发

还想看看渔民伯伯的大手
是怎么网住
野兔一样乱蹦的鱼儿
还想看看海军叔叔的小旗
是怎样挥笑了每一朵浪花

我真想看看大海
大海一定和大山一样
是孩子们亲爱的妈妈

在面包变成之前

傅天琳

在面包变成面包之前是什么
是面粉。在面粉之前是什么
是麦穗。在金黄的麦穗之前是什么
是麦苗。在麦苗之前是什么
啊，是小麦的种子

在裙子变成裙子之前是什么
是棉布。在棉布之前是什么
是棉桃。在白云一样的棉桃之前是什么
是棉苗。在棉苗之前是什么
啊，是棉花的种子

在我变成我之前是什么
啊，我明白了
妈妈，我告诉你
一定是有一粒小花的种子
被风吹啊吹啊吹
吹进了妈妈肚子里
我才长得和小花一样

种眼泪的孩子

高洪波

我把眼泪
种在妈妈的手背上，
妈妈的手中
长出了动物园的门票。
于是，我和小朋友聊天，
向大熊问好。

我把眼泪
种在爸爸的书桌上，
爸爸的书桌
长出一本又一本画报。
于是，我和独眼巨人打仗，
还和爸爸寻找金银岛。

我把眼泪
种在爷爷的胡子里，
爷爷的胡子
长成一棵大榕树。
于是，我听到百灵和画眉
嘀哩哩地欢叫。

我觉得
我是一朵云，
一朵会落泪的云，
当然，谁也不知道，
我哭的时候，
心里却在暗暗发笑。

漂亮的小屋

傅天琳

我用大大的毛巾被
把桌子围起来
成了一间小屋

小熊小兔小狗狗快进来
四个天线宝宝快进来
绿凳子红凳子快进来
还有小锅小碗小花瓶
快快进来

多漂亮的小屋啊
房间是我亲手布置的
曲奇、蛋糕、南瓜饼
是我亲手做的。我用光了
三个桶的彩泥吧

现在
大家一起拍手吧，跳舞吧
大家一起唱生日歌吧
小熊开始吹蜡烛吧
今天是小熊的生日
我是小熊的妈妈

划船

金殿国

我和妈妈去公园划船，
把湖水的肚皮划破了，
所以它不停地把船儿赶走。

我们班

张千一

我们班像一个筐筐
里面有好多蛋蛋
有调皮蛋
有乖乖蛋
还有幽默蛋……

我们班像一个鸟窝
里面都是小鸟
叽叽喳喳
叽叽喳喳
鸟妈妈来了也不怕

我们

方楠

我们一起开门吧
带上漂亮的小雨伞，去看看雨
星期一，我们是两个干净的小蘑菇

我们一起醒来吧
穿上黄色的条纹衫，去看看花
星期二，我们是两只嗡嗡叫的小蜜蜂

我们一起长高吧
去爬山，爬到高高的山顶上
星期三，我们是两棵风中摇摆的树

我们一起长大吧
长大一点，去上学，背着小书包
星期四，我们是两个可爱的小孩

星期五，做什么？我们还没有商量好
星期六，星期天。我们要吃点好东西
一起休息，睡个懒觉

我是绿色

于文胜

当画家的爸爸妈妈可真有意思，
他们把人也比作了颜色。

爸爸说：妈妈是蓝色，
像天空一样清爽、深远。

妈妈说：爸爸是黄色，
像大地一样纯朴、丰满。

他们说我：是蓝色和黄色调出的绿色，
像小苗一样可爱、新鲜。

放假了

潘亚锋

放假啦，
小书包可高兴了。
不用再被甩来甩去，
不用再陪着小主人罚站，
不用再被扔在草地上那么久……
小书包真的很开心，
可以舒舒服服地，
过一个假期。

童年

宋晓杰

童年，是花草的芳菲，是小溪的清凉
是树叶儿间的阳光落在脸上，微微的痒
是石板巷里，噼噼啪啪快活的奔跑
是午后爱哭爱笑的太阳雨，放射着霞光

童年，是爱眨眼的星星，是秋千上的月亮
是透明的水晶珠链，把往事一颗一颗小心地串上
是苦日子里，花儿一样晴朗的微笑
是暗夜的萤火，忽明忽灭地通向远方

当往昔的潮水在胸中激荡
当明亮的眸子重现昨日纯净的光芒
你就找到了它呀——
你就找到了：自由、舒心的小小欢畅！

啊，童年！是棉花尖儿上的糖
是温暖、忧伤、美妙的细碎时光
啊，童年！是你、是他、是我——
渐渐坚劲而丰满的一双翅膀，逆风而动
向着春天，向着未来，向着曙光……

2 点钟小精灵

金本

时钟敲过两声，
2 点钟小精灵便钻进了
一个酣睡的男孩的鼻孔，
变成男孩一次深深的呼吸。

男孩呼吸到了什么？
哦，
他呼吸到了弥漫的香气，
这是一万朵花也散不出的香气。
哦，
他呼吸到了绚丽的色彩，
这是一万种彩笔也涂不出的色彩。
哦，
他呼吸到了悦耳的乐音，
这是一万个音符也奏不出的乐音。
哦，
他呼吸到了宜人的温度，
这是一万缕春风也吹不出的温度。

哈，
这时，深深的呼吸已经成了一句梦语：
呵，世界上的空气
竟是这样的甜！
这样的甜！

美术课

宋晓杰

画上清凉的小溪、摇尾巴的鱼、细腰的水草
画上红眼睛的小白兔，蹦蹦跳跳，一点也不胆小
画上山羊互相追逐，咩咩咩地穿过山坳
画上小狗，在撒着欢儿地奔跑、打闹
画上开阔的池塘，大朵的睡莲在香甜地睡午觉
画上杨、柳、小伞似的蘑菇、野花在相互寻找
画上连绵的远山手拉手，挡住狂风怒号
画上花朵般的白云，在蓝天上悠悠荡荡地飘
画上红彤彤的圆太阳，映衬着金色的霞光万道
画上尖顶的小木屋，升起的炊烟绕过树梢
再画上小朋友——我和同学们，在辨认花草
最后画上妈妈——我的老师，看着我们笑

童年的模样

盘晓昱

兜里的小石头
谁都不许拿走
就算睡觉的时候
也要梦到抛石子的游戏

甩在墙上的泥巴
还在睡觉
埋在地里的旧拖鞋
会不会长出一双新的

妈妈拿着扫帚
在柴门跺脚
“我不打你，你过来”
才不那么傻呢
不想让屁股开花
就要跑得远远的

那群趾高气扬的鹅
从我身旁经过
笑话我追不上它们
等一个个被关进笼子
看它们还敢不敢嚣张

碗里的米饭
不知什么时候被大公鸡
啄去了一半
小狗你就得意吧
趁我睡着
竟敢舔我的脸

月亮，我才不跟你捉迷藏
你总是躲进乌云里
突然从背后钻出来
吓我一跳
等睡觉的时候
我就躲进被子里
看你怎么找到我

要是你也做梦了
会不会梦到童年的模样

一朵甜美的笑

王宜振

孩子，你没有什么给我
只给我一朵甜美的笑
我担心，那笑从我的手心飞走
会变成一只会唱歌的小鸟

孩子，你没有什么给我
只给我一朵甜美的笑
我担心，那笑从我的指缝溜掉
会变成一株开紫花的小草

孩子，你没有什么给我
只给我一朵甜美的笑
我担心，那笑从我的布兜溜走
会变成一只蝈蝈又蹦又跳

孩子，你没有什么给我
只给我一朵甜美的笑
我担心，那笑落入一条小河
会变成一条鱼儿游进波涛

孩子，你没有什么给我
只给我一朵甜美的笑
那笑轻轻抖落在我的心上
像碎碎的银子在幸福地闪耀

一只蜻蜓飞进了教室

耿立

一只蜻蜓飞进了教室
没有喊一声报告
但大家都看到了翅膀的飞翔

在黑板上，一只蜻蜓
在老师的眼镜边上
这是一只从池塘来的蜻蜓
翅膀上还挂有水珠
大家都停住了
朗读停住了，喉咙停住了
交头接耳停住了，鼻涕停住了
呼吸停住了，粉笔停住了
书写停住了
一切都停住了，一只蜻蜓
只有飞翔停不住

儿童画展

商泽军

儿童画展
不是在美术馆
不是在都市的画廊
今天的画展
是儿童画展
它贴在震区的帐篷上

他们画了一条
家乡的小溪
有青蛙跳到岸上

他们画了一棵大树
在树的枝叶上
有鸟儿歌唱

他们画了一个机器人
在机器人的手臂上
又长出两个翅膀

他们画了一座
美丽的房子
孩子指他画的房子说
这是俺的家乡……

献给母亲的四季歌

阮梅

如果我是一棵树
我的理想是成为一柄
有魔法的小木梳
当春天花儿醒来的时候
我要让妈妈的根根白发
重现油油的黑亮

如果我是一朵花
我就开成一朵羞羞的白菊吧
在夏天最炎热的季节
畅游在妈妈的水杯
让丝丝清凉滋润妈妈的五脏六腑

如果我是一匹布
我就成为一块是蓝色
一块是红色的布
当秋雨来临
蓝色的做成伞的模样
在妈妈的头顶飞翔
红色的成为衣裳
穿在妈妈的身上

如果我只能是一个小小的线团呢
那么，我就串连成妈妈的手套吧
在最寒冷的冬季
让妈妈劳碌了一年的手指
像十个小宝宝
躲在里面暖暖地睡觉

天使的孩子

李成恩

天使的孩子不说话
她面对生活微笑
在黑夜里仰望星空
赤裸的双脚在镜头里奔跑

我面对生活曾经哭泣
但现在我学会了微笑

春天的早晨我看见镜头里的泪水
像绿色的雨水打湿了观众的脸
我们都是天使的孩子
天使的孩子不说话
生活，生活像空镜头打在我们惊恐的脸上
我还没有学会微笑之前
我饱尝了哭泣的侵略

我为什么双眼明亮

因为我的双眼经过了泪水的洗刷
就像天使的孩子，她是众多孩子中
唯一不向生活低头的孩子
在影片赏析课上老师告诉我这部片子的缺点
但我偷偷对自己说
天使的孩子与我一样
我们有相同的心灵，心灵啊我不曾屈服
我没有屈服于生活

这是我从电影里带走的孩子
她与我一同走在北京的街道
看见我从冬天闯入绿色的春天
看见我偷偷擦拭青春的热泪
看见我在冬夜里从梦里惊醒
眼睁睁等待黎明的门缓缓上升

我与天使的孩子
微笑着一起奔跑在生活的空镜头里
春天的音乐轰鸣
我的双脚加快，嘴里大叫
天使快跑，天使快跑

下雨了

潘与庆

下雨了，
小鸟四处逃。
为啥？
怕打湿自己的羽毛。

下雨了，
小朋友们四处跑。
干啥？
你瞧瞧：

把盲人叔叔搀进商场；
把学校国旗放下收好；
到社区通知大家，
把晾晒在外的衣服收掉……

雨停了，
小鸟飞来叽叽叫，
哟，小朋友身上全湿了，
可他们的脸上却在眯眯笑！

诗梯

刘育贤

几乎所有的孩子
都想上天，
我也是。

小时候，我总想，
让大人将两只簸箕
绑在我的左肩和右肩，
我就可以展开一双大翅膀
飞上天。

上学了，
我能看故事了，
我多么想有孙悟空的本领，
一个跟头十万八千里，
翻上天去。

现在，我会写诗了，
我要将理想写成一首
很长很长的诗，
悬挂在天地之间。
这样，我就可以
踩着自己的诗梯上天了。

致同窗

王雪莹

如果可以
我想让那些时光重回眼前
让我们脸上可爱的汗珠再闪一次光
让夏夜蝉声再为我们鸣响
让我们青春的热情再一次澎湃
翻涌成波涛　翻涌成海浪
翻涌在我们充满希望的心房

如果可以
我想让那些时光永远芬芳
照片里泛黄的草仍散发着清香
录影带里断续的书声依然琅琅
哪怕若干年后模糊了名姓
仍会有熟悉的笑容绽放在
陌生的面庞

如果可以
我想让那些时光顺流而去
随着生命的长河奔向远方
当你听到似曾相识的涛声
便会重拾我们共同埋下的宝藏
那一刻你定会在恍惚中回忆
仿佛又回到我们梦的故乡

走进童年的森林

罗英

走进童年的森林
阳光是我最好的朋友
风儿向我热情地打着招呼
树叶儿哗哗向我微笑
只有雨点儿
这个不速之客
轻轻沐浴着树枝
悄悄浸湿我的面庞
儿时的伙伴
都已不见了踪影
只有古树上刻下的誓言
还在讲述着亘古不变的情意
还有童年捡拾的蘑菇
知趣地一个个露出白花花的脸
诱惑着我放慢脚步

下面，开始上课

李德民

爸爸同学请坐好
妈妈同学请坐好
下面，我们开始上课
客厅里，我拿着书本
神气地说

上课要有上课的样子
爸爸你这个男同学
快把茶杯放下
还有旁边的女同学
上课时要严肃
不要总是笑

今天，我们学习新课文
先听我来读一遍
咦，这个字念什么
爸爸快来告诉我

幸福的味道

王萍

我一直
都想知道
幸福
是什么味道

我去问
大树下睡觉的小猫
小猫说
幸福就是
伸一个懒腰
再美美地睡上一觉

我去问
树上喳喳叫的小鸟
小鸟说
幸福就是
一回到家
就飞进妈妈的怀抱

我去问
爬上枝藤的葡萄
葡萄说
幸福就是
把我吃进嘴里
香香甜甜的味道

看爸爸写毛笔字

雨兰

我喜欢看爸爸
在宣纸上写毛笔字

有时，爸爸写的
一个个汉字
像是在缓慢地散步
爸爸说，那是行书

有时，爸爸写的
一个个汉字
像是在安静地思考
爸爸说，那是楷书

有时，爸爸写的
一个个汉字
像是在快乐地舞蹈
爸爸说，那是草书

看爸爸写毛笔字
感觉我的心
就是那一个个的汉字
有时在散步
有时在思考
有时在舞蹈
嘿，你说美妙不美妙？！

跳皮筋

莫问天心

谁说跳皮筋是女生的专利
我们在两根绳间
也能跳出自己的精彩

虽然我们
翩跹不成轻盈的蝴蝶
但也是矫健的小豹子

一二三，三二一
一二三四五六七
双腿的快乐随着笑声
在童年回荡

二五六，二六七
马兰花开二十一
跳皮筋的男生
也是校园里美丽的风景

等待

韩志亮

妈妈妈妈
请不要打扰我

屋外的阳光很温暖是吧
那就让它温暖着
邻居妞妞来了是吧
可以让她先吃一会儿水果
还有，小狗杰克注意点
不要老在屋子里转悠
我最喜欢的机器人圣斗士
可以让他拿去玩玩

我的迎春花就要开了
我们约好了的
我要用我的微笑
迎接她的盛开

嘘——
我在微笑
她在盛开

我是太阳，爸爸是天空

庞硕

清晨的微风，
悄悄把我唤醒，
厨房里，
仿佛有爸爸的身影。

我揉揉眼睛，
听见刺啦一声，
阳光打进的光线，
溅过点点油星。

他端出一盘刚出锅的煎蛋，
微笑地看着我，
默不作声，
香味钻进我的鼻孔。

油酥酥的蛋黄，
软腻腻的蛋清，
像个金灿灿的小太阳，
镶嵌在盘中。

他说我又长大了一岁，
是他永远的小太阳，
如果我是太阳，
爸爸就是我的天空。

摔了一跤

苏培凤

哐啷
铅笔盒摔了一跤

钢笔
丢了帽
小刀
闪了腰
尺子
摔蒙了
铅笔
骨折了

正当大家
唉声叹气的时候
那块橡皮
趁机逃跑了

呼噜，是一支歌

郁旭峰

我的爸爸有点沉默，
一天到晚话不多，
为了生活起早摸黑奔波。

让他唱歌他总是推托，
应付不了就来几声呵呵，
真搞不懂他会不会自己找乐。

其实爸爸也会唱歌，
他的呼噜在梦中飞歌。

呼噜——呼噜——
一声悠长，一声短促，
把一天的疲劳消除。
呼噜——呼噜——
一声高亢，一声低沉——
把生活的烦恼倾诉。

爸爸的呼噜，
是一支梦中的歌，
在静静的夜晚，
一声一声唱着快乐。

粗心的小精灵

聪善

有个粗心的小精灵
一不小心念错了咒语
本来他应该说
变变变　长出翅膀叽叽叽
可他说成
变变变　长出翅膀嘻嘻嘻
还笑出了声
结果他翅膀没长出
扑通掉到池塘里

第十二辑

梦跟颜色一样轻

梦想

谭旭东

妈妈，我喜欢做梦
梦里有花儿有小鸟
有蓝蓝的天空
有红红的太阳
还有爸爸的笑声
和妈妈的歌唱

妈妈，是不是
每一个人都有梦想
是不是别人的梦想
都和我一样
是不是别人
都愿和别人分享
梦想的快乐
是不是别人的梦想里
都有着幸福的阳光

要是我有一小块田地

崔蕊霞

要是我有一小块田地
就种上红红的大萝卜
让小兔子叫上伙伴们来收获
唱着那首老掉牙的《拔萝卜》
咿咿　呀呀

要是我有一小块田地
就种上一畦花生
让小田鼠存起来过冬
就种上各种好吃的浆果
把小鸟们甜得叽叽喳喳

要是我有一小块田地
当然要栽棵大枣树
结满红彤彤的枣子
让小刺猬背着回家
当然得围一小段木栅栏
让牵牛花站在上头
嘀嘀嗒嗒吹喇叭

要是我有一小块田地
就把你的愿望他的愿望
全都种下

梦

陈琪敬

你一定惊奇，
这是什么时候？
落叶可以抚摸着青草，
花儿欣喜地遇见雪狐狸。

你还会问，
这是在哪里？
阳光可以那么倔强，
一直照亮寒冬的心底。

你也好想知道，
那些雪花，
怎么没了踪迹，
难道是谁偷偷藏起？

嘘——别吵，
知更鸟悄悄告诉你：
在梦里，
没有什么不可以，
梦啊，永远能这么绮丽！

当我想睡觉的时候

兰梦醒

当我想睡觉的时候
我希望我打一个哈欠
就变得小小的
伸一个懒腰
就有一朵云彩飘下来
我闭上眼睛
云彩就托住我
把我放进一朵郁金香

郁金香在风里摇啊摇
风铃草轻轻地唱起歌
树林伸出手臂
搭起一片凉荫

当我想睡觉的时候
我就躺在花香里
美美地睡上一觉

染梦

盘晓昱

我在南山
种了一片薰衣草
我用薰衣草染成
一个个五颜六色的梦
邮寄到远方

那些整晚失眠的婆婆
一定会一觉睡到天亮吧
那只做噩梦的兔子
也会在梦里笑吧
还有那只孤独的霸王龙
或许能梦见他的小霸王龙呢
小棕熊说他也想染一个梦
他要染一个去北方旅行的梦

我也想给自己染一个梦
一个散发着馨香的
具有魔力的文字梦
要是你读到了
我的梦就会自动地进入你的梦

假如，我有一对翅膀

杨戈平

假如，我有一对翅膀
我一定飞到世上最高的山峰
寻找美丽的玉石
让孤独的小孩不再孤独

假如，我有一对翅膀
我一定飞到茫茫的黑夜
摘颗闪烁的星子
让贫穷的小孩不再贫穷

假如，我有一对翅膀
我一定飞到瓦蓝的天空
把红彤彤的太阳请下来
让失学的小孩重新回到课堂

12 岁的梦

小河

站在 12 岁的纬度上
我是一个
爱做梦的少年

我常常梦见
从一条发白的小路　走出
布满车轮的城市
走着　进入一片
无边无际的绿色的草滩
我梦见
自己是一个泥土色的孩子
会像青草那样呼吸
像花朵那样安眠

我没有鞋子　没有
那些累赘的衣衫
我只有　身前身后
那些深紫淡紫的马莲花
在香柔的晚风里
热情呼唤
唤来瘦瘦的蟋蟀们　聊天
聊着　看我捡拾
遗落在草丛里星星的碎片
哦，我梦见
风安静的时候
雨是那么缠绵
梦见梳洗后的天空
海水般的湛蓝和柔软

我梦见啊
12 岁的少年　醒在
一个明亮的梦里
笑着　接受太阳温暖的祝愿

你带来的童话

王雪莹

你来时，

骑着白马，

为我送来了，

一篇唯美的童话。

我认为最美的童话，

不能太平凡也不能太奇特。

可以有公主与王子，

还要有城堡的典雅。

我认为最美的童话，

幻想中要带点真实，

最好有鼹鼠先生的燕麦茶，

还有小洛依对美好的解答。

我希望，

王子和公主可以在和煦的阳光下，

重逢，欢笑，

嫣红夺目的曼珠沙华，

可以在夜里开出绚烂的花。

我希望，
这不是个离别的故事，
故事里也没有摩擦。
也许这样太过完美，
但这才是童话。

我希望，
故事中有小洛依实现的梦想，
蔷薇花可以在初夏盛放，
载着美好的白鸽在空中飞翔。

我希望，
很多事都如童话一样，
即使有波折，
但最终还是有相聚的欢朗。

我会好好品尝，
你带来的童话，
你带来的阳光。

正确答案

铁头

我问妈妈一个问题
地球为何不停地转
不快也不慢
24 小时一天
妈妈说
地球本来就是这个样子
我说不对不对
我知道正确答案
太阳是个火炉
烤着我们的地球
如果它不转
地球的一面就会烤煳
如果你吃过羊肉串
你就明白我的意思
地球必须慢慢转
慢慢翻

田野里的书声

盘晓昱

草垛下的读书声
吃草的牛听着

山崖下的读书声
飞翔的燕子听着

那些挖猪草的大孩子
吸溜着鼻子
背诵着课文
背上的弟弟或妹妹
咿咿呀呀地学着

在田野上
总有一些声音
让你听了
心田里就会长出一抹绿色

大地妈妈的书

王秀梅

大地妈妈最喜欢爱读书的孩子
每天
她都要给孩子讲一页书
一天天，一页页
她讲完了好多书
大地妈妈把书印成四季

看吧
春天的嫩芽上
写着露珠的微笑
小蚂蚁爱读
我也爱读

夏天的荷瓣上
写着花蕊的香气
小蜻蜓爱读
我也爱读

秋天的红叶上
写着霜的味道
小山雀爱读
我也爱读

冬天呢
大地妈妈写的书最美
字儿从天空飘落
一行行
谁不爱读呀

梦跟颜色一样轻

高璨

一只花翅膀的小蝶
在树梢间穿梭
在花朵中畅游
她在捡梦
捡遗忘在花蕊里的梦
捡遗忘在树梢上的梦
捡遗忘在叶片下的梦

她把捡来的五彩梦
贴在翅膀上
她从不高飞
因为载着梦的重量?
小蝶却悄悄告诉我
梦跟颜色一样轻

冬天到了
小蝶把一串串五彩梦
编织在一起
挂在树枝下
回味一个很长
很长的梦……

大海的梦

金本

晚上，
大海也睡觉吗?
也做梦吗?

像我一样，
大海也睡在
席梦思吗?
也做香甜的梦吗?

哦，
地球就是
大海的席梦思呀!
大海的梦
也很香甜呀!

嘘——
别出声，
我听到大海的
呼吸了!

校园的早晨

安武林

揭开淡蓝色的手帕
飞出一片绿色的憧憬
风，从稚嫩的树梢
撷去了小鸟的歌声

走近清新的季节
编织瑰丽的梦境
为了昨夜星星的许诺
我们虔诚地朗读黎明

我最喜欢吃牛肉

王亨良

我最喜欢吃牛肉。
妈妈说，牛肉吃多了，
身上会长出牛肉来的。
我才不信呢！

夜梦里，我的身上
真的长出了许多牛肉，
变成一头小牛崽，
在牛棚咀嚼着
妈妈捧来的稻草。
不过我一点都没害怕，
反而觉得稻草的味道
挺香挺香的。

在文学的海滩上采贝

王俊康

海风轻轻吹
金色的海滩让人陶醉
大海多么慷慨
捧出了大把大把的彩贝

彩贝撒满在海滩上
好像满天的星星那么美
让我们唱着歌儿采贝去
笑声追逐浪花飞

其实，在文学的海滩上
也有许多心爱的彩贝
它们是那么神秘和神奇
又是那么珍稀和珍贵

童话、诗歌是爱幻想的彩贝
它们让你快乐地张开青春花蕾
故事彩贝、小说彩贝有人生百态
它们使你生活中拒绝愚昧

文学彩贝是小伙伴的至爱
谁拥有它们谁就拥有了智慧
来吧！文学海滩充满魅力
采贝！用我们的热情百倍

第十三辑

透明的心

透明的心

聪善

我的目光是透明的
语言是透明的
我小小的心
也是透明的
而世界就像一道弯弯的彩虹
映照在我心里
多么神奇啊
我所有的快乐和忧伤
也变得光彩熠熠

小妹读安徒生

高昌

安徒生是一只安静的猫咪
懂事地卧在小妹的怀里
灵气的小手可爱地一摇
海洋里就漂出一条美人鱼

深而又深的是笨巫婆骑着的怪扫帚
远而又远的是一艘白翅膀的小船
高而又高的是小房子的雪帽子
最惊奇的是无人能解答森林的谜语

这样的时刻像彩色蜡笔那样美丽
安徒生的脸上贴满玻璃糖纸
宁静的树枝上坐着慈祥的太阳
小妹一伸手扯住岁月的长胡须

小妹把安徒生握在手中
安徒生是一只胖胖的气球
不能松手呀！一松手
就向轻盈的梦里飘去……

童话书

聪善

我有一本漂亮的童话书
书里有许多美丽的故事
有密密的森林
生活着一群有趣的小动物
有神秘的魔法宫殿
住着可爱的王子和公主
我喜欢他们
他们也喜欢我
我每一次打开这本书
就像来到奇妙的世界旅游

一条小鱼

倪经纬

妈妈
我想养一条小鱼
在我的小杯子里
不行，那杯子也太小了
我换个大点的杯子
也不行，也太小了
我换个大大大大的杯子可以吗
为什么不用鱼缸呢
因为我不能端着鱼缸到处走呀

把你的窗户玻璃擦一擦

安武林

可爱的孩子
把你的窗户玻璃擦一擦
调皮的太阳就要来你的家
它会变成一本书
爬上你的书架
它会变成一对鞋子
躲在你的床下
它会变成一个吻
落在你的脸颊
快　快把你的窗户擦一擦

你要不要

林乃聪

小山羊一起玩
“妹”“妹”“妹”地叫
只怕她们走散掉
这个哥哥真是好

小公鸡一起玩
“哥”“哥”“哥”地叫
原来她喜欢撒娇
只怕自己跟不牢

我一个人玩
很无聊
谁来当我哥哥
我保证
很听话
不撒娇
这样的妹妹
你要不要？

笑声

陈中苏

笑声
像轻盈的蒲公英
随着风儿
到处飞
又像美妙的花香
随着风儿
到处飘
它会飞近你
飘进你的耳朵
一直香到你的心底

读书

张梦婕

一翻开书
我就变成了齐天大圣
我东边瞧瞧
西边看看
哦，文字的世界真奇妙
一本本引人入胜

读到最有趣的故事
我乐开了怀
此时大圣拔了一根毫毛
变成了勤劳的蜜蜂
吸吮着甘甜的书香

我的脑袋圆圆
大眼睛闪闪
在文字的海洋
大圣乐意当一条游鱼
快乐地游来游去

心愿

刘鹏

你总是问我　为何趴在窗前
望着时而汹涌时而平静的海面
我只记得　在很久　很久以前
看到一张出航的风帆
那时我曾许下一个
小小的　小小的　心愿
愿每一条船都会靠岸

你总是问我为何苦守着门前的枝丫
直到春绿已经吐出新芽
我只是想在很久　很久以前
风很大　雪也很大
有一只寻梦的鸟儿会不会怕
那时我就曾许下一个
小小的　小小的　心愿
愿每一只倦鸟都可以回家

一个人的游戏

灵婴

每个家里
都有一个孤零零的孩子
在黑暗的衣柜里
在父亲的大衣里

一个人的游戏
假装自己是哥哥
是姐姐
是弟弟和妹妹

梨子的床
只有梨叶那么大
“我困了，就睡在
自己的身体上”

每个家里
都有一个孤零零的孩子
他们的左手
和右手玩着游戏
拥抱在一起

摘星星的风

闻婷

我想要一颗星星
在路的遥远尽头
星星已经垂到了天际
我想把他别在发间
在我的眼眸里
留下闪闪的波纹

这有什么难的
风在我耳边说
他抱来一片萤火
为我点亮了整座草坡

梦想的天空

朱墨

我梦想在蓝天上画蓝图，
告诉爸爸我从小有抱负；
我梦想拿着白云变魔术，
让所有的鸟儿都不再哭。

我梦想朝阳每次都微笑，
告诉妈妈我天天在进步。
我梦想在月宫里建学校，
让所有的星星都有书读。

我梦想呀我梦想，
长大后能刷新世界纪录；
我梦想呀我梦想，
所有人像我一样地幸福。

我梦想呀我梦想，
长大后有本领为人造福；
我梦想呀我梦想，
大中国能让全世界羡慕。

我的作品

溢滕

月亮　是我诗篇的标题
一闪一闪的星星
是流动的标点
我的作品
发表在宁静而诗意的夜幕

太阳　是我作品的篇名
流曳的白云
是精彩的标点
我的作品
发表在深邃而湛蓝的朗空

鲜花
是我作品的题目
飞舞的蝴蝶和蜜蜂
把诗篇的内容
发表在春天的季节里

足球，地球

刘泽安

都是一个球
足球
在我们脚下
飞速地旋转
地球
我们看不见
可我们知道
脚下
踩的是地球上
我们生活的地方

足球
又是一个赛场
练其筋骨
铸造意志
十一个人的团队
各自守住阵地
又团结得像一个人
从任何方向
射向
永远的目标

我们的母亲
地球
没有人踢
也在宇宙中转动
我有一个支点的话
我来踢
踢向太阳最近的地方
享受热量阳光

足球
让我们在地球上
驰骋四方

爸爸的出租屋

邱易东

爸爸的出租屋在城市中间
出门便看见霓虹灯亮得像白天
耸立的高楼上缀满广告
像是连绵的山崖被鲜花盖满

乘电梯降到地下二层
当然步行也行，沿着黑黢黢的通道往下
打开紧闭的一扇小门
昏暗的灯光下，一张歪斜的矮凳
放满洗漱杯子、饭盒和脸盆

地上的草垫是爸爸的床
上面堆着一床蓝色印花被子
一堆衣物靠着墙壁，这就是他的枕头
劳累一天的身体，在这里得到休憩

不知这样的夜晚，他做过什么样的梦
清晨开门出去，像一滴水融入人流

用汗水浇筑城市春笋一样的楼房
或者铺展迷宫一般的道路

一个繁华的世界，这个城市的中心
一个地下停车库旁边的一间小屋
阳光的暖色从来不会光顾
也不会有床前明月光的诗意
每天疲惫地回到这里
我担心他的梦会被霉变、窒息……

这样的小屋我永生难忘
我想带着它，回到我们的乡村
把太阳、月亮和满天星星，挂在窗口
让竹林里的风轻轻吹过
让窗外的满山花香漫进屋子
让爸爸劳累以后的每一个细胞
呼吸所有绿色的空气

第十四辑

风是个淘气包

演讲

侯泽俊

鸟儿一演讲
张口就是音乐
花儿一演讲
开口就是芳香
风儿不会演讲
他轻轻地吹过来
让一树树的叶子
举起小手掌
为鸟儿、花儿的精彩表演鼓掌

馋嘴的风娃娃

任小霞

风娃娃
真是个馋宝宝
小花苞站那儿
是香香甜甜的
棒棒糖哪
风娃娃
左一口
右一口
舔个没完
你闻闻
风的嘴边
全是花苞的甜味儿

还没醒来的海

林小锋

清晨，雨中的街
是一片还没醒来的海

街边停着的车
是排着队睡觉的鱼儿
零星飞动的麻雀
肯定是饿醒的调皮虾吧
早起的老爷爷们撑着的伞
就是那些漂亮的水母
在海面上
晃晃悠悠
晃晃悠悠

静静的森林

聪善

晚风轻轻哼着催眠曲
森林便慢慢入睡了
树木背靠着背
安静地闭上了眼睛
草地盖着薄薄的纱巾
一会儿便睡得很沉
河流也停止了歌唱
打了个懒懒的哈欠
只有小动物比较淘气
睡着了还发出不同的呼噜声

小鸟在枝头

刘盛云

枝头的小鸟，
一跳，一跳……
啊，
那是树芽儿，
在轻轻
轻轻挠小鸟的双脚！
你听——
小鸟痒啦，
忍不住叽叽
叽叽地笑！

棉花戴着瓜皮小青帽

高昌

棉花戴着瓜皮小青帽
躲在阔叶子底下
悄悄想温暖的故事

秋风走过来
不由分说
撕走他的那些金黄的梦

怎么不知不觉
就秋了呢

棉花的眉头
皱了皱
就又舒展开了
轻轻地
露出一个洁白的微笑

在田野里
生活了那么久
对风雨 毕竟
也有过一些见识

棉花戴着瓜皮小青帽
躲在阔叶子底下
继续想温暖的故事

风是个淘气包

陈中苏

风是个淘气包
伸进春姑娘的口袋里
掏出花香和鸟鸣

风是个淘气包
伸进夏小子的衣兜里
掏出绿荫和荷香

风是个淘气包
伸进秋伯伯的衣兜里
掏出稻浪和瓜果

风是个淘气包
伸进冬爷爷的衣兜里
掏呀掏
掏出雪花满天

云彩的脚步最轻

罗英

云彩的脚步最轻
比风的脚步还轻呢
不信，你听
他从你的头顶走过
一点声息也没有
只有高飞的风筝看见了
努力追逐他的脚步
只有美丽的小鸟看见了
叽叽喳喳
追赶着他的身影

海浪要擦出一粒火种

高璨

萤火虫
油灯般被黑夜提在手中
风一吹，灭了
一会儿又重新燃起

月亮走进小河
鱼儿做着梦
搭上了月亮船

树叶议论风讲的故事
风说，夜空下的大海
正不息地摩擦沙滩
海浪要擦出一粒火种
点燃一不小心熄灭的太阳

还给

娜仁琪琪格

把青蛙的叫声　还给了青蛙
把我还给了我

我是一只鸟儿吗　回归了山林
我是一滴水珠吗　回归了河流
我是一抹绿色吗　回归了青草
我是一颗小星星吗　回到了天上

多好啊　拒马河　还有那些连绵的群山
他们　能做到这些
把青山还给了青山
把绿草还给了绿草
把鸟鸣还给了鸟鸣
把风还给了风
把简单还给了简单

家

梦阳

蝈蝈的家　一定就安在了琴中
要不　她的歌声为啥总那么动听

蝴蝶的家　一定有无尽的彩笔
要不　她的衣服为啥总那么艳丽

小雨的家　一定藏在爱哭的孩子眼里
要不　她为啥总有流不尽的泪滴

跨栏

邵柯

风在城市里
怎么都跑不快
刚一起步
就被大楼挡住
只好一跳一跳地
在楼群中间穿越着
像是个敬业的运动员
在练习着跨栏

四季

王雪莹

该启程了
阳光已经把草木唤醒
融化的雪钻进大地的臂弯
去倾听春的低语

晨曦铺满面前的路
蝉鸣剪破了清早的宁静
在树叶的缝隙里
闪过了夏的裙裾

还要继续前行
露水总爱在深夜酝酿晶莹
那么　不妨让我们也踏入月光吧
趁落叶还未掩住秋的足迹

不知终点何处
远方只是一片纯白的映影
迷途的风不知到哪里取暖
一味重复着冬的乐音

就让前路延伸吧
时光的河流淌出圆缺阴晴
就让我们继续并肩吧
无论旅途如何　心中自有风景

泪珠与露珠

兰梦醒

大地用花朵和青草
写成的书
一定很令人感动吧

月亮和星星们
每晚读完之后
都会流下很多
晶莹的泪珠

读不懂这本书的人们
还以为那些眼泪
是清晨的露珠呢

金黄色的童话

张菱儿

我喜欢
那些金黄色的童话
就像喜欢
在风中摇曳的小花

纯净的眼睛
看不到忧愁　看不到烦躁
咧开善良的嘴巴
露出一口洁白的牙

我相信
任何人读到这样的童话
都会被感染
就是一块坚硬的石头
也会长出嫩绿的芽

弹棉花

凌代坤

嘭，嘭嘭
街上来了个
弹棉花的
嘭，嘭嘭
那古老的琴弦
弹得比所有的音乐
都好听

小熊阿布看着
弹棉花的师傅
把破渔网一样的旧棉絮
弹出刚出山的新云
嘭，嘭嘭
小熊阿布看着
满屋盛开的棉花
走进了自己的童话

小熊阿布也背着
一张巨大的弓弦
站在冬日的山冈上
他要把铅块一样
凝重的乌云
弹成漫天飞舞的雪花
弹成一床绵绵密密的
温暖的白棉被

季节的画作

于永涛

铺开一张
白雪画纸
季节挥舞着大笔
用心地画着
先是几笔素描
勾勒出
山的轮廓
树的剪影
接着又用
阳光调色盘
涂上颜色
几片初发的绿叶
几声清脆的鸟鸣
几朵零星的花瓣
一幅
季节的画作
浑然天成

不爱被弄脏的小叶子

黄伯坚

有一天，那个不喜欢被弄脏的小叶子
从高处掉下来
她发现了一朵大花，那朵花小朋友可以拿起来
但是对于叶子来说
她可以把她当裙子

我是个不爱被弄脏的小叶子
我现在有了一条花裙子

大花很温柔　她同意当裙子
于是　她们变成了不爱被弄脏的花叶子
这就是她们现在的名字了

我在看一本书

王宜振

我在看一本书
书上的字很暗
模模糊糊
难以看清

我看了第一遍
字渐渐地亮了
我又看了一遍
字亮得像一只只萤火虫

我看了第三遍
字亮得像一盏盏小灯
面对这愈看愈亮的书
我竟惊奇得不知所措

我发现我的目光
似两个小小的钢钻
它们在书里不停地开采
开采出书里藏着的光明

照亮

商泽军

没有什么比母亲的眼睛
更明亮的
她能照亮我的大脑和心脏
能照亮我的爬行
和学步的样子
虽然
那是歪歪斜斜的步伐
母亲却十分地开心

后来，我的步子
越来越坚实的时刻
母亲却有些担心了
她的眼神
也不再那样明亮

当风老了

刘晓芳

当风老了
我要做她的拐杖
陪她　打开小溪的玻璃窗
顺便　给河边的老垂柳
抹上一笔鹅黄

当风老了
我要做她的拐杖
陪她　给五月的石榴花
解开胸襟
然后　再帮六月的小荷
换上粉红的衣裳

当风老了
我一定要做她的拐杖
寒冷的冬天里
陪她静静守候
一直这样站着
等待春姑娘送来暖和的新装

风小子

可可

银杏树叶子
掉下来了
清洁工叔叔
扫啊扫

风小子
很热心
挥起大扫帚
来帮忙

一扫扫在大树脚
一扫扫在马路中
一扫扫上老奶奶的裤子
啊哟！
一扫扫在小朋友的脸蛋上

停一停
风小子
我们来分工
你负责
天空

叶子从树枝上扫下来
是你的任务
地面就交给清洁工

可是
风小子
太热心
根本就不听

伞像走动的小屋

邹华英

妈妈撑伞的时候
伞像一座走动的小屋
妈妈真厉害
可以举着小屋走路

落雨时
伞像移动的家
妈妈走到哪
家也走到哪

看，今天我也举起了一把伞
像一座移动的小屋

像装满了笑的家
我举得稳稳的
一点儿也不歪斜
我也很厉害了

雨在唱着歌

王粉玲

窗外，淅沥、淅沥……
是谁在唱着歌
可爱的小兔，听我说
春天，就要来了
把你细细的耳朵伸展开一些
善良的大熊，在梦里
正缝制着一个温暖的包裹
等到春风吹来的那一刻
你们仍会无比新鲜地拥抱在山坡

窗外，淅沥、淅沥……
是雨在唱着歌
广阔的原野上
小草儿，一簇簇
努力托举着的是绿色的诗歌
小花儿，一枝枝
妩媚摇曳着的是童话的骨朵

淅沥、淅沥，雨在唱着歌
是的！冬天就要过去
长大一岁的小松鼠　捧着一枚甜甜的榛果
踮起脚尖　看见了一个崭新的季节

悄悄走进那片绿叶子

高昌

我在裤兜里藏起一个童话
悄悄走进那片绿叶子

叶脉的胡同弯弯曲曲
如同一行行纤细的诗句
叶孔沿途开满小窗
好像一个个争论着的嘴唇
一团团氧气从那里吐出
如同一圈圈新鲜的烟雾

阳光是一群斑斓的瓢虫
在翠绿的单元里爬来爬去
我的下巴沾满金色的光线
如同猫咪唇边颤动的胡须

喵——呜——
喵呜一声我跳出春天
回头看那片绿叶
它已经变成了一颗友好的心

回家的路

陈曦

我寻找铁路的眼睛
他能看到爸爸
沿着绿油油的麦田
红嘴燕子正站在稻草人上

听火车呜呜地歌唱
想念着厚实的肩膀
有好多好多的故事
多想告诉飞驰的车轮
他会讲给爸爸听吧

等麦子再弯下腰
我就长大了
就可以领着弟弟
沿着铁路奔跑
通向一个令人心安的怀抱

村小之晨

臧园园

和露珠一同起来
她披着雾气
被一个五星红旗升起的地方
牵引着
走在山路的绳子里

壁，墙壁的壁，板，黑板的板
台，讲台的台，凳，凳子的凳
……她领读着
蹩脚而尚需矫正的普通话
让乡村的早晨逐渐
变得明亮起来

一支粉笔，几本书
一块黑板以及歪斜的作业本
被她不断扶着，打开着
结出了比漫山遍野更多的花果
就像青草与泥土
一年复一年长在额头上

穿梭来回
把这条山路走老
暮色拧开了乡村的灯盏
一豆灯光下，她依然提笔
在夜的纸张上
开放成一朵
纯净而又孤独的花

晨光

池沫树

如果给我的只是一些松果和种子
如果，我在一片森林里梦见了树木的生长
如果只有渺小的我像一片树叶一样可能被风吹走

答应我，妈妈，我对食物从来不挑剔
你把我紧紧地紧紧地搂在怀中
只会让我窒息，我不是你喂养的鱼和小狗
你会说孩子啊孩子等你长大了妈妈也就放心了

知道吗，妈妈，我在你俯下身子的一刹那
我看到了我只是你瞳孔中的孩子
我的世界只有那么一点点一点点大
可是我的眼睛不想被这片森林遮挡

亲爱的妈妈，我喜欢风
因为风有方向，风像你的手掌一样抚摸我的额头
风告诉我她来了，我迎着风
我看到了满地的果子和那些摇摆的树
多么欢乐啊，他们一起在树叶的掌声中舞蹈

知道吗，妈妈，我爱晨光
因为我看到了晨光徐徐走来
她像你爱我一样爱森林和小草
晨光把天空染红，这是世界上最大的画布了
树木沐浴在晨光中闪闪发亮，也把我的手臂
照得晶莹剔透——你好吗，从远方来的晨光
此刻我坐在高高的树枝上眺望，
我想看清你高大的身躯
多么温暖啊，
树洞里的松鼠睡醒了就会把松果和种子捡走吗

妈妈，我对另一个世界充满了好奇
我不知道这个世界到底有多大多大

变成雨滴来看你

陈曦

想你时，我变成雨滴来看你
轻轻敲打你书房的窗棂
看你读诗时享受的表情
或是偷偷滑入你的卧房
透过窗幔
读你睡颜里的梦境

想你时
我的身体开始轻盈
在云的怀抱里
凝结成你最爱的雨滴
在你的伞沿滴落
或是请求太阳的抚摸
为你折射一道小小的彩虹

或许你最终也没有注意到我
那我就潜入你的阳台
滋润你亲手栽下的绿萝
装点你眸底的风景

小鸟的期末考

林乃聪

今天
他们起得比我还早
一个个在大树教室里
等待期末考
他们的心情依旧轻松
在班级里吵吵闹闹
哪像我紧张得
直想尿尿

考好了
就放心把试卷交
出外放飞心情最重要
哪像我为应用题懊恼
作文还有一小段没写好
甚至连同学跟我打招呼
都没有听到

注重平时的积累和训练
细心阅卷
轻松答题
考完试可没有后悔药
这是小鸟给我的忠告

朝读

赵卷卷

三十五瓣绿芽
在清晨，在冬天的风中
一齐张开圆圆的小嘴巴

把阳光的温暖读出来
把春天的芬芳读出来
把秋天的收获读出来
把你们年少的心事以及顽皮
用露珠般纯洁晶莹的嗓音读出来
穿行在你们中间
我被最质朴的音乐
紧紧包围
并且陶醉

在冬天的清晨
三十五瓣绿芽
读着冬天的阳光冬天的梦想
也深谙冬天的心思
把希望与未来
深深植入心底
读出绚丽多姿的风景
把幼稚长成遥远的传说

三十五瓣绿芽
在清晨，在冬天的风中
一齐张开圆圆的小嘴巴

老师与学生的四则运算

赵卷卷

我常在做一道简单的四则运算
幼稚乘以知识等于素质
用我的快乐去抵消疼痛
可我至今没有解答出来
你们的问题是加数
减少的是我的担忧
余数不多不少，正好
与你们的能力相等
大于你们的是努力是创新
小于你们的是懒惰是沉沦
十九岁的我教你们的数学
生活清贫，在大雪纷飞或花朵飘零的土地上
常将粉笔头当作自己美味丰盛的佳肴
或许我永远是正确的
可我倒希望你们问号不断
因为你们是我的学生
更是我平凡生活里的一丝骄傲和
慰藉，破土的苗儿充满生机与希望
参天的大树照样洒下片片清凉
就和我的年龄一样
其实，我们都在做一道简单而纷繁
的题目，它的答案就叫人生

雨中的伞

马及时

满城凉风　漫天银丝　织起伞的梦
都市的特产是一片彩色的蘑菇伞
晶晶亮亮的雨珠儿呀
飘飘摇摇的小彩伞呀
盛开的朵朵伞花美丽了临街的窗
呜呜的风在伞盖上旋转
斜斜的伞在风雨中旋转
雨夜的一百个孩子的一百个梦
都是　伞　伞　伞

呼啸的风把伞吹成一张张前进的帆
伞下有许多叽叽咕咕的小书包
伞上有许多快快活活的小水箭
一条条古老而灰色的小街
流溢着生命的色彩

连银亮的雨丝儿也会唱歌了
美丽都市的童话属于潮湿的雨季
属于纷纷扬扬的蘑菇伞

笨拙又苍老的爷爷的大油布伞
风趣又潇洒的爸爸的黑色自动伞
鲜艳又优雅的妈妈的红色折叠伞
还有我的尼龙小彩伞呀
飘进雨里　雨里就有了
一座缤纷的小花园

树上凋谢的红花结出青青的果子
校园凋谢的伞花却结出了
一个个乌溜溜的小脑袋
雨中的伞　雨中的花
雨中的伞缤纷了漫长的雨季
雨中的花芬芳了伞的内涵

风的牙齿

花永盛

咬开花儿的窗帘
又咬开了蝴蝶的翅膀

咬住知了的歌声
又咬住屋檐下的风铃

咬碎池塘里的月牙
又咬碎了蒲公英的小屋

咬掉樱树的发卡
又咬掉五角枫的叶子

咬破蜘蛛的躺椅
又咬破了天空的鹅毛被

咬醒田野的梦
又咬醒了活泼的春天

咬了星期一的发梢
咬了 365 个脚后跟
只是我忘了数一数
风的牙齿究竟有几颗

风讲了个笑话

李茜

风讲了个啥笑话呀，
满墙的牵牛笑开了花！
有的仰着头笑，
有的抖着肩笑，
有的拍着手笑，
还有的抱在一起笑！

捉迷藏

李静

四月的飞花
跟季节捉迷藏：
数到十二我就出来！

九、十、十一、十二！
山顶，树枝，小河……
四面八方

她们穿着白棉衣
来啦！

风铃

夏小五

一天到晚地唱
风铃
也是会累的呀

风不管这些

只要自己想听
哪怕风铃刚刚入睡
也要把人家摇醒

第十五辑

光阴的脚印

扯

郑远辙

本来一个小事情
两个人扯扯扯
就会扯大
就像把口香糖扯得长长的

时间是个大笨蛋

曾鸣

秒秒是个小姑娘
活蹦乱跳嘀嗒转
分分是个小男孩
脾气不急也不慢
分分秒秒捉迷藏
时时刻刻躲身旁

天天是个小哥哥
白天黑夜不一样
月月是个大姐姐
八月十五最漂亮
天天月月手拉手
春夏秋冬到元旦

时间是个大笨蛋
从不停下陪我玩
时间是个大笨蛋
看我把你来追上

光阴的脚印

陈静

谁说光阴没有脚印
白天的太阳
夜晚的月亮
还有
春夏秋冬的身影
它们
都是脚印

影子学舞

李海生

我在路灯下跳舞
影子也跟我学

哎呀
粗心的影子
你就不能认真点儿
怎么老出错

这个动作
我伸的是左手
你总是伸右手

加号

任小霞

一手拉着爸爸
一手拉着妈妈
我就成了
一个加号

是的
我把爸爸妈妈
加在一起
算出的答案呀
就是幸福的家

难以想象

刘鑫鑫

难以想象
一只小鸟能有这么动听的歌声
感动了我的心灵
让我心花怒放

难以想象
一枝花竟是这么沁人心脾
忍不住亲它一口
让我心深深地醉了

难以想象
一棵大树是如此地笔直
久久地凝视着它
让我有了榜样

平凡的石头

金波

即使你是一块平凡的石头，
如果我拥你入怀，
你便是一座山。

集无数的石头，
垒砌起我的家，
我又在石头的怀抱里安居。

如果融我于山间，
我愿变成一块石头，
亲近这土地。

如果有谁敢以利刃击我，
我会迸出火花，
发出燃烧的呼号。

为你祈祷

谭旭东

风雨来了
想为你撑一把伞
黑夜来临
想为你点一盏灯

你孤独时
想为你唱一曲歌
你悲伤时
想为你写一首诗

我不能为你呼吸
但我们心心相连
我不能为你奔跑
但我们步步相牵

阴霾来了
我给你一个微笑
苦难降临
我送你一次祈祷

哲理

逢金一

我把目光钉在山之额头上
意志帮我把它们夯实
我凝视
想象山开口
告诉我未知之哲理

千百年了
山被我盯得不好意思
啊地叫了一声
科学家说
这是火山爆发

我曾是一粒沙

陈琪敬

乘着风儿落下
我是一粒沙
静静地，躺在海边
凭浪儿亲吻我的脚丫

轻轻地，你来了
温柔地亲吻我的脸颊
悄悄地，你走了
脚窝里留下的满是牵挂

乘着风儿落下
我仍是一粒沙
静静地，躺在路边
让星儿梳理我的长发

慢慢地，我睡了
你眼里的我还是一粒沙
在人们的万般惆怅里
我总是不能被容下

甜甜地，我飞了
伴着漫天的芦花
我不再是一粒沙
天边有更神奇的童话

我飞了，我走了
披着阳光，迎着彩霞
有谁记得我吗
我曾是一粒沙

眼睛

潘与庆

爷爷在大森林，
见过狼的眼睛。
狼的眼睛，
是闪着寒光的眼睛。

妈妈在西双版纳，
见过孔雀的眼睛。
孔雀的眼睛，
是美丽动人的眼睛。

爸爸在大草原，
见过狐狸的眼睛。
狐狸的眼睛，
是狡猾多疑的眼睛。

我在动物园
见过小鹿的眼睛。
小鹿的眼睛，
是温柔善良的眼睛。

我多么希望，
在我们这个世界上，
多一点孔雀、小鹿的眼睛，
少一点像狼、狐狸一样的眼睛。

命运

胡森河

命运有时
将多彩的花环套在你的头上
将你围在一片喝彩之中

不要得意
命运是一朵变化的云彩

有时会洒落失意的泪滴
把生命推向黑暗的绝境

不要等待别人伸手的同情
不要渴望别人温暖的送来

燃烧吧
把自己燃烧成火炬

撕破黑暗
把绝望燃烧成一条希望的彩虹

大人应该怎样做孩子

邱易东

人人都想要找回童心
可大人应该怎样做孩子
露珠像童心在叶片上滚动
大人却怕树枝摇晃，掉落在地

毛茸茸的小虫子绿得可爱
大人却会惊叫着跳开，或者大喊恶心
孩子在湿漉漉的地上玩泥人
大人也会愤怒，举起巴掌

人人都想要找回童心
可大人应该怎样做孩子
不用涂一张花脸，不用翻一百个跟斗
只需和我们的心一起跳动

不要外出旅游，还钉着孩子做作业
自己却只管在树荫下玩麻将

该吃的时候，不要瞻前顾后害怕肥胖
该喝冰凉的水，也不要有半点扭捏

人人都想要找回童心
可大人应该怎样做孩子
对每一个孩子笑一笑，给一点宽容
脱掉自己一切虚假的包装

天冷的时候，不要硬给孩子穿上外套
赤脚和我们一起，在草坪蹦跳
不要用厚厚的化妆品包裹自己的脸
像我们一样，素面朝天向太阳

真希望在孩子那纯净的诗里

高昌

真希望在孩子那纯净的诗里，
我能是一个生动的标点。
那里有矢车菊和他说话，
太阳用丝线为他编织花冠。

我曾误认作月亮的月亮，
在树枝上变成金黄的夜莺。
我曾误认作露珠的露珠，
原来是一群会唱歌的星星。

那些我当作哑巴的小草，
那些我认为不会走路的老松，
都带了故事和五颜六色的风，
迈着韵脚走进了他的意境。

哦，真愿意走进孩子那些想象，
让生活美得就像一个难忘的梦。
真愿意走进孩子那些微笑，
让灵魂是一幅童话剧的布景。

拥抱

卢梓仪

请赐予我一个足够温暖的笑
让我来融化这满地的冰雪
请赐予我一双足够长的手臂
让我可以拥抱这个世界

我想紧紧地拥抱它
就像迎接一个刚刚到来的婴儿
它安静地躺在我的怀里
轻轻地笑着

我想告诉它
它对我很好
它让我看清了是非
让我在迷茫之中寻找到了方向

就这样
它安静地睡了
我轻轻地抚摸它
是的
我在抚摸这个世界

只要

苏美晴

只要一束目光，就足够了
节日的广场，五彩的气球
足够表达热爱和祝福

只要一句话就够了
孩子，健康地长大
快乐地思考

只要一次指引，就足够了
红灯停，绿灯行
在人生的路途，我们不违背章程

只要你的怀抱，让我们小小的心脏得到
安抚，夏天灿烂的阳光
像一道小小的填空题
妈妈，我们填下童话，和一切美的向往

只要像春天吐出嫩芽
夏天，就会长成枝繁叶茂的大树
热烈与期盼
只要你的鼓励，就足够了

只要有你的爱，就足够了
我们就是森林里的小精灵
就是麋鹿带来最好的礼物
只要有你，就会草木欣荣

只要你，抓着我的手
就足够了……

爱的家园

宋青松

我的童心是一条小船
波啊浪啊不要把我的船儿打翻
我的梦想是一只小鸟
风啊雨啊不要把我的翅膀折断
来啊来啊来啊
给我一个爱的家园
让我的小船找到港湾
让我的翅膀飞向蓝天

我的生命是一棵小树
春来秋往有你与我朝夕相伴
我的明天是一朵鲜花
风雨过后是你让我更加鲜艳
来啦来啦来啦
这儿有一个爱的家园
让我的童年幸福快乐
让我的世界美丽浪漫

像风儿般微笑

卢梓仪

云儿般的微笑
软得像一只小羊
阳光般的微笑
暖得像一轮太阳
大树般的微笑
带来一股阴凉
唯有风儿般的微笑
住进了一阵淡淡的花香

微扬的嘴角
似一片绿叶
红润的双唇
藏着花朵的翅膀
一阵风起
带来一路芳香

风儿里也许住了栀子
不然不会那么淡雅
或许住了紫藤
不然怎会触动心房
可能住了睡莲
羞涩得漾起一阵红晕
或许还住了蒲公英
幸福得想要飞翔

住满花儿的风不张扬
风儿般的微笑不感伤
它真诚得让人感动
又悄悄地
带走你我的悲伤

亲爱的朋友呵
请你将嘴角微微上扬
因为有了你
生活从此充满花香
一阵风起
一个微笑
一路芬芳

读你

洪藜

当我迷茫时
书是茫茫大海中的
一座航标
读你
我看见了希望

当我低落时
书是安抚我内心的
一剂药物
读你
我忘却了伤悲

当我幸福时
书是与我分享的
一个友伴
读你
生活处处是阳光

当我骄傲自满时
书是我身后的
一记响鞭
读你
我前进的脚步
更加矫健　昂扬

书

魏强

风儿轻轻翻开书页
阳光跑过去看
每一个字
都闪闪发光

一粒种子从地下探出脑袋
一边感受着阳光的快乐
一边闻着风儿带来的
淡淡书香

来，捉住风儿的尾巴
听她讲述有趣的故事
让美好的时光
变得像童话一样

奇妙的“日”字

李佳音

“日”是个小贪吃鬼
贪吃了一根面条
“日”变成了胖乎乎的“田”

“田”是个好奇娃儿
惊讶地探出了头
“田”成了“由”

“由”走着走着
遇见了他最恐惧的小虫子
翻了一个跟头
缩了头伸了脚
变成了无限好的“甲”

亭亭玉立的“甲”把头伸出来
呼吸郊外的新鲜空气
猛然间
顶天立地地变成了“申”

我们汉字太有趣了
加一笔减一笔
千变万化啊！

风景

小河

为什么
不放了那只蜻蜓呢?

请打开
你目光围成的栅栏　让他
去呼吸云朵抚摸微风
让他的翅子　继续
涌动出透明的乐曲
和蔚蓝的鸽哨一样任性
让他在阳光下
不高不低地飞着
飞着　因为爱
把自由交给梦想
未来交给天空
是的　他属于天空
他的愿望
像翅子一样透明
他想掠过阴云　掠过
低回的雾湿冷的风
掠过狂沙和雷鸣
让眼睛泊满
明亮的梦　梦里
松塔像小太阳在树上悬挂
雨后的槐花是那样洁净

他不知道
梦也会消失的　消失时
融雪般悄静无声
倾斜的阳光
还在翅尖上透明地颤动
天空已成为
栖在窗外的风景

真该放了那只蜻蜓
让他拥有自己的风景
让他在蓝空里
不高不低地飞着　飞着
用梦去唤醒另一个梦
你的风景
也由远而近　雾散时
阳光会在唇上飘动
你们就成为
各自眼中的风景吧

一组风景
为点缀同一个梦境
在早晨诞生

图书在版编目（CIP）数据

世界纯美儿童诗集．中国卷 / 谭旭东选编．-- 桂林：漓江出版社，2023.2（2025.4 重印）
ISBN 978-7-5407-9360-9

Ⅰ．①世… Ⅱ．①谭… Ⅲ．①儿童诗歌—诗集—中国—当代 Ⅳ．① I18

中国版本图书馆 CIP 数据核字 (2022) 第 244852 号

世界纯美儿童诗集·中国卷

SHIJIE CHUNMEI ERTONG SHIJI · ZHONGGUO JUAN

编　　者　谭旭东

出 版 人　梁　志
策划编辑　杨　静
责任编辑　杨　静
助理编辑　滚碧月
装帧设计　韩庆熙
责任监印　黄菲菲

出版发行　漓江出版社有限公司
社　　址　广西桂林市南环路22号
邮　　编　541002
发行电话　010-85891290　0773-2582200
邮购热线　0773-2582200
网　　址　www.lijiangbooks.com
微信公众号　lijiangpress

印　　制　北京中科印刷有限公司
开　　本　787 mm×1092 mm　1/16
印　　张　22.25
字　　数　265千字
版　　次　2023年 2月第1版
印　　次　2025年 4月第4次印刷
书　　号　ISBN 978-7-5407-9360-9
定　　价　78.00元

漓江版图书：版权所有，侵权必究。

漓江版图书：如有印装问题，请与当地图书销售部门联系调换。

新书推荐

《樱花来信了：谭旭东纯美儿童诗》

（全新修订版）

谭旭东 / 著

童诗历来被誉为儿童文学皇冠上的一颗明珠

众多作家的文学梦，都是从童诗开始的

我国当代著名儿童诗人谭旭东的第9部儿童诗集作品

吟诵童年的故事、童年的梦想和值得珍视的童年的每一个美好瞬间